Gert Hoffmann

Fahrlehrer am Rande des Wahnsinns

Gert Hoffmann

Fahrlehrer am Rande des Wahnsinns

Geschichten & Episoden
aus der Fahrschule

NOT*schriften* - Verlag

Umschlagbild: Charlotte Wenke

Namen und Orte sind frei erfunden. Ähnlichkeiten mit lebenden Personen sind rein zufällig.

Impressum:
1. Auflage 2014

Tel./Fax: 0351/8386989
info@notschriften.de www.notschriften.com
Satz: Verlag
Druck/Bindung: powerprint s.r.o.
ISBN 978 - 3 - 945481 - 03 - 5

Vorwort

Da sich mein erstes Buch „Fahrlehrer sind auch nur Menschen“ so gut verkauft und ich kurz vor der Verleihung des Nobelpreises für Literatur stehe, habe ich mich entschlossen, ein zweites Buch über die Erlebnisse mit meinen Fahrschülern zu schreiben. Damit kann ich hoffentlich die Kommission in Schweden restlos von meinem Können als Schreiberling überzeugen.

Nun werden Sie sich sicher fragen, wie man sich so viele Geschichten über die Jahre merken kann. Aber ich kann sie beruhigen, ich weiß sie oft auch nicht mehr. Aber während der praktischen Fahrschulausbildung fallen mir die alten Geschichten wieder ein und ich schreibe mir die Storys stichpunktartig auf kleine Zettel. Auch in meiner Badewanne oder beim Zähneputzen habe ich ab und zu einen Gedankenblitz und greife dann schnell zu Stift und Zettel.

Zu Hause schreibe ich so schnell, dass die Tinte kaum aus dem Füller kommt, aus Angst alles wieder zu vergessen. Ich schreibe nämlich die Geschichten alle per Hand, da der Computer mein größter Feind ist. Wir können uns einfach nicht leiden.

Aber dafür habe ich meine Tochter Lisa, die den Computer mit meinen Geschichten füttert. Stundenlang verzweifelt sie über meine miserable Grammatik, um daraus einen deutschen Satz zu basteln, den alle verstehen.

Deshalb widme ich das Buch meiner Tochter Lisa und meiner Tochter Katrin.

Die allererste Fahrstunde der Fahrschüler

Zur ersten Fahrstunde und allen weiteren Stunden sitzen die Fahrschüler im Vorraum der Fahrschule und warten gespannt auf ihren Fahrlehrer. Obwohl die Fahrschüler uns meist schon aus dem Theorieunterricht kennen, ist die Aufregung meist doch sehr groß (ein bisschen wie beim Zahnarzt). Um die Sache ein bisschen aufzulockern, frage ich gleich immer: „Und, biste schon mal Auto gefahren?" Alle (bis auf wenige Ausnahmen) antworten natürlich mit nein. „Aber aufgeregt biste ganz schön, oder?" Fast alle nicken ganz schüchtern und haben schwitzige Hände. Ich versichere ihnen, dass ich auch ganz aufgeregt bin. Da beruhigen sich schon die ersten wieder. Das ist mir nämlich ganz wichtig, dass niemand Angst hat.

Ich fahre erst mal selbst zum Parkplatz Dresden-Nickern, um das Auto in einer ruhigen Ecke den Fahrschülern zu erklären. „Autofahren kann ich nicht, aber erklären kann ich gut", sage ich immer zu meinen neuen Schülern. Dann ist das Eis bei fast allen gebrochen.

„Ich geh mal schnell in den Kaufpark, was erledigen und in der Zwischenzeit kannst du schon mal ein paar Runden auf dem Parkplatz drehen", ärgere ich meine Schüler.

Viele lachen darüber, aber einige schauen mich auch ganz entsetzt an und antworten ganz aufgeregt: „Nee

nee, das kann ich doch noch gar nicht allein!“ Ich fang dann an zu lachen und meine Schüler stimmen mit ein.

Wenn die Fahrzeugbedienung schon ganz gut läuft, lasse ich sie dann schon durch Lockwitz in Richtung Kreischa fahren. Das Lenkrad wird umklammert wie ein Schraubstock, bis die Knöchel weiß hervortreten. Um meine Fahrschüler ein bisschen aufzulockern, fahre ich dann durch das schöne Lockwitztal, wo oberhalb die A17 verläuft.

„Weißt du denn, welche Autobahn das hier ist? Richtig, die A17 in Richtung Prag. Und da wir schon mal hier sind, fahren wir gleich mal ein Stück Autobahn bis zur Fahrschule zurück.“

Der Fahrschüler reißt dann die Augen auf und fleht mich an: „Aber bitte noch nicht in der ersten Stunde!“

Ich lache wieder und sage: „Keine Angst, dass dürfen wir auch gar nicht in der ersten Fahrstunde machen.“

Auch wenn man noch nicht Autofahren kann, sollte es trotzdem Spaß machen.

Die Erotikleiche

Wie vor allem der Männerwelt bekannt sein dürfte, gibt es auch in Dresden viele gut besuchte Erotikshops. Genau um so einen dreht es sich nun.

Im Stadtteil Striesen habe ich mit einem Fahrschüler das Einparken geübt, zufällig genau gegenüber eines Erotikladens.

Nun muss man ja als Fahrlehrer auf alles achten, dass heißt wer in den Laden hineingeht und wer herauskommt (vielleicht kennt man ja jemanden) und natürlich – ganz nebenbei – wie der Fahrschüler so einparkt.

Direkt vor dem besagten Shop stand ein PKW von einem Bestattungsinstitut (den Namen lasse ich lieber weg, wegen der Schleichwerbung). Am Anfang dachte ich mir noch nichts dabei … Doch als die Tür aufging und zwei Bestatter mit Sarg den Laden verließen, war mein Interesse geweckt. Mein erster Gedanke war: „Da hat sich wohl jemand übernommen, was?"

Von der Ladentür auf den Gehweg waren noch fünf Stufen zu überwinden, doch es war sehr glatt draußen mitten im Winter. Ich hielt schon mal die Luft an, da ich ahnte was jetzt kam.

Auf der letzten Stufe glitt ein Bestatter aus und ließ den Sarg fallen. Zum Vorschein kam natürlich ein Rentner. Mein Fahrschüler bekam ganz große Augen und stieß mir den Ellenbogen in die Seite. „ Hamse das gesehen, Herr Hoffmann?"

Die beiden Herren vom Bestattungsinstitut hatten die Ruhe weg und sammelten ihren Rentner wieder ein. Und der Rentner machte sich wahrscheinlich auf zu seiner letzten Fahrt ins Bestattungsinstitut.

Vielleicht war die Erregung, … ähm, Aufregung doch zu groß!?

Die geblitzte Orchidee

Ab und zu hängt auch mal in einer Fahrlehrer-Ehe der Haussegen schief – so auch bei mir. Die Gründe können vielfältig sein: beim Fußballgucken keine Antworten gegeben, die ganze Nacht durch geschnarcht oder vergessen, die Zahnpastatube zuzumachen.

Um die Sache wieder ins Lot zu bringen, dachte ich mir, ich fahr mal schnell in der Mittagspause in den Pflanzenmarkt und hole eine schöne Orchidee für meine Marion.

Ungefähr 400 Meter vor dem Pflanzenmarkt befindet sich eine Schule mit dem dazugehörigen Schild für die Geschwindigkeitsbegrenzung von max. 30 km/h. Jedem Fahrschüler predige ich immer: „Fahr langsam, hier blitzen die gern wegen der Schule."

Ich will ja auch nicht am nächsten Tag in der Bildzeitung stehen mit der Meldung: „Fahrschule rast mit überhöhter Geschwindigkeit durch 30er Zone an der Grundschule!"

Wie es immer so ist, hatte ich auch nicht viel Zeit in meiner Mittagspause. Jedenfalls ich schnell rein in den Pflanzenmarkt und eine schöne und preisintensive Orchidee gekauft, auf den Beifahrersitz damit und ab in Richtung Fahrschule. Auf dem Weg dorthin schaute ich immer wieder meine schöne Orchidee an und klopfte mir innerlich auf die Schulter: „Mensch Gert, das hast du wieder gut hinbekommen. Da wird sich meine Marion freuen."

Doch auf einmal wurde es sehr hell, noch heller als es draußen ohnehin schon war. Das heißt, ich wurde allein im Fahrschulauto mit meiner Orchidee geblitzt.

Na, toll! Da es an diesem Tag sehr warm war, hatte ich das rechte Fenster unten und hielt an der nächsten roten Ampel an. Neben mir hielt eine Frau an und hatte nichts Besseres zu tun als mich zu belehren über die Vorbildfunktion als Fahrlehrer usw.

Darauf ich zu der etwas vollschlanken Dame neben mir: „Wissen Sie, ich bin Zahnarzt und das Auto gehört meinem Bruder." Daraufhin entspannte sich der Gesichtsausdruck der Dame sichtlich und sie polte sofort um: „Ich wollte schon sagen, ein Fahrschulauto das geblitzt wird, gibt es doch gar nicht!" Daraufhin fuhren wir beide ganz entspannt weiter. Sie vielleicht in´s nächste Café und ich zurück in die Fahrschule.

Mensch, das war eine teure Orchidee!

Die Drängler

Es ist ja immer die Frage, ob man als Fahrschule auf der Straße beliebt ist oder nicht. Um die Frage gleich zu beantworten: Nein, wir sind als Fahrschule natürlich nicht beliebt und werden gern als Verkehrshindernis angesehen.

Es liegt wohl daran, dass wir uns an die StVO halten und somit auch 30 km/h bei einem Schild mit 30 fahren und nicht schneller. Natürlich fährt kein normaler Autofahrer genau nach Vorschrift, sondern ein bisschen schneller und manche sogar viel schneller. Ab und zu kommt es bei uns natürlich vor, dass mal ein Motor abgewürgt wird. Entweder war der falsche Gang dran Schuld oder der Fahrschüler ließ die Kupplung zu schnell kommen.

In solchen Situationen geht mein Blick immer in den Rückspiegel. Die meisten Autofahrer bleiben ruhig und gelassen, denn es haben ja alle mal so angefangen.

Es gibt aber auch eine gewisse „Zielgruppe“, die wild gestikuliert und sogar hupt.

Aber deswegen geht es auch nicht schneller. Jetzt können Sie mal raten wer diese Zielgruppe ist. Sind es Geschäftsleute, Rentner, Polizisten oder Fahrlehrer privat?

Nein, es sind junge Fahranfänger, die den Führerschein ganz frisch in der Tasche haben! Vielleicht ist genau diesen Fahranfängern die Ausbildung besonders schwergefallen?

Versteht man nicht, oder?

Fahrschülerin als Fahrlehrer

In der allerersten Fahrstunde fährt nicht der Fahrschüler, sondern der Fahrlehrer selbst auf einen abgelegenen Parkplatz, um den Schüler mit dem Auto vertraut zu machen. Man erklärt ihm die gesamte Bedienung vom Losfahren bis zum Anhalten.

Auf dem Weg zum Parkplatz hatte ich noch einen Brief bei mir, der noch schnell in den Briefkasten musste. Der Briefkasten befand sich genau an einer Bushaltestelle. Da sich dort gerade kein Bus befand, hielt ich dort kurz an (erlaubt bis max. 3 Minuten) um mein Briefchen einzuwerfen.

Genau in diesem Moment kam wer angefahren? Richtig, der Linienbus! Ich konnte gar nicht so schnell gucken wie der Busfahrer um sein Gefährt sprang, um mich wüst zu beschimpfen. Ich konterte sofort: „Wissen Sie, das ist heute meine allererste Fahrstunde. Wenn Sie etwas möchten, wenden Sie sich doch bitte an meine Fahrlehrerin!" Meine Fahrschülerin rutschte mit hochrotem Kopf auf dem Beifahrersitz herum.

Der Busfahrer wusste nun nicht, ob Weihnachten oder Ostern war und kratzte sich ungläubig hinterm Ohr. Ich bin daraufhin fix ins Auto gesprungen, hab den Motor absichtlich abwürgen lassen (damit es echt wirkt) und nix wie weg. Blöd kann man sein, aber man muss sich zu helfen wissen.

Der große Apfel

Ein schöner Abend im Hochsommer und ich auf dem Weg nach Hause. Eine rote Ampel nötigte mich zum anhalten, aber als ich nach rechts ins benachbarte Auto schaute, war mein Ärger verflogen. Da saß nämlich eine sehr attraktive Frau mittleren Alters.

Da sie wahrscheinlich großen Hunger verspürte, griff sie sich schnell einen großen Apfel und biss herzhaft zu. Sie füllte sich so ihre Backen und sah aus wie ein vollgefressener Hamster. In diesem Moment schaute sie zu mir rüber und ich machte ebenfalls dicke Backen mit den gleichen Kaubewegungen.

Daraufhin musste sie so lachen, dass sie einen hochroten Kopf bekam und sich noch verschluckte. Da die Ampel mittlerweile auf grün geschaltet hatte, fuhr ich natürlich weiter und sie stand immer noch an der Ampel.

Inzwischen sind einige Jahre ins Land gegangen und ich bin guter Hoffnung, dass sie mittlerweile losgefahren ist.

Am Apfel lag´s.

Die Wassertabletten

Auf einer Fahrt außerhalb von Dresden in Richtung Schlottwitz-Glashütte-Altenberg, bogen wir beizeiten rechts ab in Richtung Hausdorf. Nach dieser Ortschaft geht es durch einen schönen Wald nach Kreischa. Ich lehnte mich entspannt zurück, da es nach einer ruhigen Überlandfahrt aussah.

Doch plötzlich stand mitten im Nirgendwo auf einer kleinen Kreuzung ein PKW mit Warnblinklicht und Warndreieck. Sofort setzte ich mich wieder gerade hin und spähte geradeaus.

Ich zu meinem Fahrschüler: „Schau mal, dort ist ein Unfall! Da müssen wir erste Hilfe leisten, fahr mal langsam rechts ran."

Die Beifahrertür war offen und ein breiter Strom von Flüssigkeit lief in Richtung Straßengraben. Aha dachte ich mir, da ist wohl der Kühlerschlauch geplatzt.

Als wir näher kamen, sahen wir jedoch, dass die Frau ihre Buxen heruntergelassen hatte und ihrem Harndrang freien Lauf ließ. Im Auto saß der Opa mit Zigarre und tat so, als ginge ihm das alles nichts an.

Ich nehme an, die Oma hatte die Blutdrucktabletten mit den Wassertabletten verwechselt und hielt es nicht mehr länger aus. Aber deswegen mitten auf der Kreuzung …? Ein Stückchen weiter wäre sogar ein Parkplatz gewesen.

Mein Schüler und ich schauten uns an und wir mussten grinsen.

Wir fuhren dann langsam an der „Unglücksstelle“ vorbei in Richtung Dresden.

Hoffentlich werde ich nicht auch mal so alt und verwechsle meine Tabletten.

Die umgekippte Bierladung

Auf der B170 Richtung Dippoldiswalde fährt man nach dem Ortsausgang Dresden durch den schönen Kaitzer Grund. Rechter Hand sieht man einen großen Betrieb (was vor allem die Männerwelt erfreuen dürfte), nämlich eine Brauerei.

Ab und zu fahren die voll beladenen Bierlaster die Rechtskurve zur B170 zu schnell und die kostbare Bierladung ergießt sich auf die Straße. So auch geschehen im Herbst 2012.

Wir wollten mit dem Fahrschulauto Richtung Autobahn und erkannten von Weitem einen Stau. Beim Näherkommen entdeckten wir, dass wieder ein Bierlaster umgekippt war und es aussah wie auf einem Schlachtfeld. Die Polizei war schon vor Ort und regelte den Verkehr. Wir fuhren im Schneckentempo weiter. Da es an diesem Tag noch warm war, hatten wir die Seitenfenster unten und es stank schlimmer als in einer Destille.

In Höhe der Polizei kamen wir mit unserem Fahrschulauto wieder zum Stehen. Das hatte wohl auch ein Polizist bemerkt und schaute neugierig zu meinem Fahrschüler. Da mir der Polizist einen sehr sympathischen Eindruck machte, sagte ich zu ihm: „Entschuldigung? Der junge Mann neben mir hat keinen Führerschein und nach Alkohol riecht es hier auch.“

Mein Fahrschüler, der sonst immer etwas vorlaut war, rutschte in seinem Sitz mehr und mehr zusammen und war plötzlich ganz kleinlaut.

Der Polizist grinste und sprach: „So, so. Also kein Führerschein und eine Bierfahne im Fahrschulauto?" Mein Fahrschüler stotterte vor sich hin und der Polizist und ich mussten erst mal lachen.

„Naja, ich will heute mal nicht so sein und sehe drüber weg", sprach der Polizist.

Daran kann man mal sehen, es gibt auch nachsichtige Beamte!

Das verkannte Stoppschild

Eine schöne Ausflugsstrecke für Familien ist die Route von Dresden Lockwitz nach Borthen, was vielen als Obstanbaugebiet bekannt sein dürfte. Doch auch Prüfer schätzen diese Strecke sehr, da am Friedhof jahrelang ein Stoppschild stand, welches die Vorfahrt von links regelte.

Ab und zu ist mal ein Fahrschüler durchgefallen, weil er an der Sichtlinie (Haltelinie war nicht vorhanden) nicht richtig angehalten hatte, bis die Räder ruhten. Aber seit Kurzem steht da kein Stoppschild mehr, sondern ein Schild „Vorfahrt Gewähren".

Auch heute war ich nicht überrascht, als wir Richtung Borthen fuhren.

Wir rollten langsam an die Kreuzung heran. Mein Fahrschüler sah das Schild und reagierte vollkommen richtig. Er schaute nach links, sah, dass niemand kam, und bog ohne anzuhalten ab.

Auf einmal kam auf der Rückbank beim Prüfer emsige Betriebsamkeit auf. Der Prüfer zückte sofort Stift und Protokoll und fing mit verbissener Miene an zu schreiben (was meist kein gutes Zeichen ist).

„Sie fahren bitte mal rechts ran und stellen das Fahrzeug ab!", sprach der Prüfer. Ich verstand gar nichts mehr, denn dieser Satz bedeutet immer das Ende der Prüfung und ich hatte keinen Fehler bemerkt.

„Sie haben am Stoppschild nicht angehalten“, begründete der Prüfer seine Entscheidung.

Mein Fahrschüler und ich waren vollkommen vor den Kopf gestoßen.

„Stoppschild? Das gibt es doch seit zwei Wochen nicht mehr. Jetzt steht das Schild ‚Vorfahrt Gewähren‘“, argumentierte ich.

„Ist das wahr?“, fragte mich der Prüfer zweifelnd. „Das ist mir jetzt aber wirklich unangenehm.“ Sofort zerriss er das Protokoll, die Prüfungsfahrt wurde fortgesetzt und endete letztlich positiv für den Fahrschüler.

Das nennt man wohl Betriebsblindheit.

Die Apfelannahmestelle

Auch in meiner nächsten Geschichte geht es um Borthen und um das Obstanbaugebiet. Gerade in dieser Region gibt es sehr große Apfelplantagen mit entsprechenden Annahmestellen zur Weiterverarbeitung.

Im Herbst 2012 fuhr ich wieder mal mit einem Fahrschüler nach Borthen. Im Gepäck natürlich immer meinen „Fresskorb“, man kann ja immer mal im Stau stehen. Doch mir macht das nichts mehr aus, da ich immer bestens mit Essen und Trinken versorgt bin. Auch heute hatte ich neben meiner geschmierten Stulle und einer Flasche Wasser auch wieder einen Apfel dabei.

Hinter einer Kurve war die Apfelannahmestelle und es standen schon mindestens 40 Autos davor, die geduldig warteten, ihre süßen Äpfel abgeben zu können und dafür leckeren Saft zu bekommen. Eine Schlange wie bei Erich´s Zeiten.

Da mein Fahrschüler sich in Borthen nicht auskannte und von einem Stau ausging, stellte er sich hinten an der Schlange mit an. Nach einigen Minuten wurde es mir zu bunt, zeigte auf meinen Apfel und fragte ihn, wie viele Flaschen Apfelsaft wir wohl dafür bekommen würden.

„Na, eine Flasche kommt da nicht zusammen“, antwortete mein pfiffiger Fahrschüler.

Da war ich ja schon mal beruhigt, dass er das auch so sah.

„Weißt du, warum die vielen Autos hier anstehen? Nein? Nun, das hier ist eine Apfelannahmestelle!", klärte ich meinen Schützling auf.

Mein Fahrschüler schlug sich gegen die Stirn und fing an zu lachen. Schnell ersten Gang rein und weg waren wir.

Der Junge hat eben Erich´s Zeiten nicht miterlebt.

Die Weinverkostung

In meiner nächsten Geschichte geht es mal nicht um meine Fahrschüler, sondern um die Fahrlehrer. Wir sind seit vielen Jahren mit einem Ehepaar sehr gut befreundet (wobei ich auf das Wort „SEHR" ganz großen Wert legen möchte). Sie wohnen etwas außerhalb von Dresden und haben dort ein kleines Häuschen. Der Mann ist wie ich Fahrlehrer in einer bekannten Fahrschule in Dresden. Die beiden haben ein großes Hobby und zwar ist das der Wein. Gern laden sie Freunde und Bekannte zu Weinverkostungen in ihre Garage ein. Man kann also sagen, sie sind große Spezialisten auf dem Gebiet „Wein". Meine Frau und ich sind leider ausgesprochene Weinnicten – Hauptsache süß und billig (den Wein meine ich natürlich). Demzufolge werden wir auch regelmäßig von unseren Freunden beraten: Wie hat ein Wein zu schmecken? Wie schwenkt man ihn richtig? Welche Farbe muss er haben? Was gibt es für Sorten? Was verraten die Etiketten über den Wein? Fragen über Fragen.

Im Herbst finden deshalb regelmäßig Weinverkostungen statt. Das sind immer sehr gesellige Runden mit ca. 30 Leuten und einem schwatzhaften Weinhändler, der versucht, seinen Tropfen an den Mann zu bringen. Um unseren Freunden einen Gefallen zu tun, kaufen wir auch immer ein paar Flaschen von dem schweren Tropfen. Die teuerste Flasche kostete immer 22 €! Dieser Preis tut mir heute noch in der Seele weh, aber egal – er hat geschmeckt und der Weinhändler hat sich über sein Geschäft gefreut. Die leeren Flaschen von dem teuren Tropfen hob ich mir für schlechte Zeiten auf.

Die schlechten Zeiten kamen schneller als gedacht. Im Winter waren unsere „Weinfreunde“ zum geselligen Weinabend eingeladen. Wir wollten auch mal zeigen, was wir alles schon gelernt hatten. Da ich zu jeder Zeit immer einen Scherz auf Lager habe, holte ich zwei Flaschen von der billigsten Weinsorte im Discounter und füllte diesen in die teuren Weinflaschen vom Weinhändler um. Mal sehen, ob unsere Weinkenner einen Unterschied merken.

Meine Frau war eher skeptisch und meinte: „Das kannst du doch nicht machen. Die schmecken das sofort.“ Aber da habe ich mich mal gegen meine Frau durchgesetzt.

Am besagten Abend machte ich mich in der Küche zu schaffen und tat so, als würde ich die Flasche entkorken. Als ich mit der guten Flasche Wein im Wohnzimmer erschien, bekamen meine Gäste einen wässrigen Mund: „Nein, so ein leckerer Tropfen!“

Meine Frau schaute betreten zur Seite, aber ich freute mich diebisch.

„Oh, der ist aber sehr gut, angenehm im Abgang“, war der Kommentar meiner zwei Weinexperten. Die beiden haben nichts gemerkt und leerten die Flasche zügig. Ich eilte wieder in die Küche und tat wieder so, als würde ich die Flasche entkorken. Auch diese war vorzüglich.

Der Abend ging zu Ende und sie bedankten sich wortreich für den schönen Weinabend. Nun konnte ich nicht mehr an mich halten und brach in Gelächter aus. Verwundert schauten sie mich an und ich klärte die zwei auf. „Du wieder, Gert! Da hast du uns ja ganz schön aufs Glatteis geschickt."

Aber ein bisschen haben sie es uns übel genommen. Denn wir sind nur noch GUT befreundet und werden nur noch unregelmäßig zur Weinverkostung eingeladen.

Schade!

Der verkehrsberuhigte Bereich

Ein wichtiger Bestandteil der Fahrschulausbildung ist unter anderem das Durchfahren von einem verkehrsberuhigten Bereich. Das heißt, man durchfährt diesen mit Schrittgeschwindigkeit von 4 – 7 km/h und muss von Kindern bis Rentner alles beachten, denn die haben nämlich Vorrang.

An einem warmen Freitagnachmittag fuhr ich mit meinem Fahrschüler genau so eine Strecke ab, denn es war auch für mich die letzte Fahrt des Tages und die sollte gemütlich zugehen. Ich machte also mein Fenster auf (wegen der schönen Luft und dem Vogelgezwitscher) und wir fuhren ganz langsam die Straße hinunter.

Überall saßen Familien im Garten und tranken Kaffee. „Herrlich", dachte ich mir, das hätte ich jetzt auch gern.

In einem Eckgrundstück lag ein älteres Ehepaar ganz entspannt auf ihren Liegestühlen. Doch als der Mann unser Fahrschulauto entdeckte, war es vorbei mit der Ruhe. Er kam auf uns zugestürmt und beschimpfte uns wüst durch mein offenes Fenster. „Was fällt Ihnen ein, hier Freitagnachmittag zu stören? Können Sie nicht woanders mit Ihrer Fahrschule lang fahren?"

Als junger Fahrlehrer hätte ich bestimmt zurückgemotzt. Aber so fuhren wir weiter und ich zückte an der nächsten Straßenecke mein Handy, um meine Kollegen zu bitten, diese Straße extra heute mit ihren Fahrschülern lang zu fahren.

Das haben die auch prompt gemacht. Mit dem ruhigen Kaffeetrinken auf den Liegestühlen war es dann wohl vorbei.

Die Psychologentochter

Wenn man einen neuen Fahrschüler bekommt, muss man sich ja logischerweise erst mal beschnuppern, um sich besser kennenzulernen (ist wie bei einer neuen Frau). Nach einigen Fahrstunden kennt man sich dann schon ein bisschen und kann sich aufeinander einstellen.

Nicht so bei Frau Minze. Ihre Mutter war Psychologin und der Vater Doktor der Psychologie. Nicht dass ich was gegen Psychologen hätte, aber Frau Minze wusste alles besser. Auch beim Autofahren. Ich war eigentlich total überflüssig, denn sie konnte ja sowieso besser Autofahren als ich.

„Puh", dachte ich mir, das kann ja heiter werden. Das machte echt keinen Spaß. Es gab ständig Spannungen zwischen uns, manchmal stand ich kurz vorm Herzinfarkt. Immer diese Diskussionen führen. Egal was ich gesagt habe, prompt kam: „Ja, aber …" Furchtbar!

Auch an diesem Tag widersprach sie mir ständig. Irgendwann platzte mir sprichwörtlich der Kragen und ich ließ sie rechts an den Straßenrand fahren. „Stellen Sie mal den Motor ab", sagte ich zu ihr. Das machte sie sogar ohne Widerworte.

Ich fragte sie, ob sie sich mit Handy und Computer auskennen würde.

„Na klar“, antwortete sie sofort wie fast alle jungen Leute.

„Sehen Sie und ich nicht. Ich habe das zwar auch alles, aber ich denke, ich kann besser Autofahren als du.“

Da war erst mal Ruhe auf dem Fahrersitz. Doch schließlich nickte sie und lenkte ein: „Sie haben Recht Herr Hoffmann, es tut mir leid.“

Anschließend philosophierten wir noch über den Sinn des Lebens und seitdem haben wir uns viel besser verstanden.

Aber ich glaube nicht, dass sie das „Ja, aber …“ abgelegt hat.

Die Frau mit dem bösen Blick

Es war einmal an einem grauen und kalten Novembertag mitten in Dresden an einer Kreuzung. Wir standen an der Ampel, da diese rot war.

An der Bushaltestelle rechts neben uns stand eine recht mollige Frau mittleren Alters und wartete anscheinend auf den Bus. Ihrem Gesichtsausdruck nach zu urteilen, hatte der Bus Verspätung. Sie schaute richtig grimmig und böse zu uns rüber.

Da die Ampel lange nicht grün werden wollte, bemerkte auch mein Fahrschüler die Frau mit dem bösen Blick an der Haltestelle. „Schauen Sie mal, Herr Hoffmann, die Dame dort drüben guckt schon die ganze Zeit so grimmig zu uns rüber“, sagte mein Fahrschüler.

„Hm, vielleicht hat sie ja kalte Füße oder einen übellaunigen Mann zu Hause … wer weiß“, antwortete ich.

Anscheinend hatte die Frau gemerkt, dass wir über sie redeten, denn sie kam wie von der Tarantel gestochen über die Straße zu uns gelaufen und klopfte wie wild an unsere Scheibe.

Gott sei Dank habe ich sie kommen sehen und noch schnell das Auto von innen verriegelt.

Mein Fahrschüler saß mit großen Augen hinterm Steuer und war sprachlos.

Sie hämmerte auf dem Dach herum, schimpfte wie ein Rohrspatz und trat mehrmals gegen den Reifen.

Anschließend lief sie wieder auf den Fußweg und zeigte uns noch den Stinkefinger.

Die Leute an der Haltestelle schauten auch schon ganz irritiert.

Gott sei Dank schaltete die Ampel in diesem Moment auf grün und wir fuhren los.

An der Fahrschule angekommen kontrollierte ich erst mal das Auto auf Schäden, aber es war glücklicherweise nichts zu sehen.

Was soll man dazu noch sagen?

„McDonald´s"

In der Fahrschule ist es immer so, dass der Fahrlehrer schuld ist, wenn im Straßenverkehr was passiert. Wenn es zu einem Unfall durch die Fahrschule kommt (Eigenverschulden) oder wir geblitzt werden (was zum Glück noch nicht vorkam), ist der Fahrlehrer schuld, da er der Fahrzeugführer ist. Dies nur mal zur Einstimmung auf diese Geschichte.

Ich fuhr mit einer Schülerin eine längere Ausbildungsfahrt auf der Autobahn in Richtung Berlin. Unterwegs knurrte bei meiner Fahrschülerin laut der Magen. „Ich bin heute noch nicht zum Frühstücken gekommen. Können wir vielleicht irgendwo eine Pause machen und eine Kleinigkeit essen?"

„Na klar, in Thiendorf gibt es ein McDonald´s, da können wir was essen gehen", antwortete ich. Wir rein in den Laden und schnell einen leckeren Burger verdrückt.

Als wir wieder am Auto waren, dachte ich mir, eigentlich könntest du noch mal für kleine Jungs gehen (man könnte ja in einen Stau geraten). Gedankenverloren ließ ich den Zündschlüssel stecken und ging Richtung Toilette.

Als ich wieder raus kam, traute ich meinen Augen nicht. Meine eigene Fahrschülerin kam freudestrahlend auf mich zugefahren, damit ich nicht über den ganzen Parkplatz laufen musste. Sie meinte es natürlich gut, aber ich war stinksauer auf meine eigene Blödheit. Nicht auszudenken, wenn was passiert wäre …

Der Fahrlehrer ist der Fahrzeugführer!

Seitdem ziehe ich immer den Zündschlüssel ab. Vertrauen ist gut, Kontrolle ist besser!

Die Haschischpflanze

In dieser Geschichte geht es mal nicht um meine Fahrschüler, sondern um meine liebe Familie.

Ich habe vor einigen Jahren einen Ausflug mit meiner Frau und den Töchtern ins tschechische Nachbarland gemacht. Natürlich stand der obligatorische Frisörbesuch, Tanken, Mittagessen und vor allem Shoppen auf dem Plan. Besonders Einkaufen stand bei meinen Mädels hoch im Kurs. In einem großen Einkaufszentrum gab es auch einen Blumenladen, in den meine Frau gleich stürmte. Im Schaufenster hatte sie nämlich eine Grünplanze mit einer besonderen Blattform entdeckt, die stark an eine Haschischpflanze erinnerte.

Ich habe mich mal wieder erweichen lassen und meiner Frau diesen Busch gekauft. Stolz trug sie ihre neue Errungenschaft zum Auto und wir fuhren wieder zurück in Richtung Grenze. Damals gab es noch richtige Grenzen mit Zollbeamten.

Hinten saßen meine beiden Grazien mit ihren Pflanzen auf dem Schoß und vorn auf dem Beifahrersitz saß meine große Tochter.

Langsam rollten wir an die Grenzstation heran. Der Zollbeamte kontrollierte unsere Papiere und warf anschließend einen Blick in unser Auto. Der schaute ganz irritiert und da meine große Tochter den Blick bemerkte, sagte sie ganz kess: „Hanf isses keener!" Das fand der Beamte anscheinend nicht so lustig, denn wir mussten augenblicklich rechts ran fahren und er holte auch prompt Verstärkung.

Acht Zollbeamte rückten mit Gummihandschuhen, Spürhunden und voll bewaffnet an. Unser Auto wurde bis in den letzten Winkel gefilzt. Doch Rauschgift fanden sie keines und die Spürhunde schlugen auch nicht an.

Nach einer reichlichen Stunde war der Drogenspuk vorbei und weiter ging die Fahrt nach Hause.

Demnächst werde ich besser darauf achten, was meine Mädels einkaufen!

Herr Rot, welcher aber ein Grüner war

Ich war wieder einmal mit einem neuen Fahrschüler namens Herr Rot unterwegs, dessen Namen ich natürlich geändert habe (aber er hieß wirklich wie eine Farbe). Jedenfalls machte ich mit ihm eine Dunkelfahrt oder auch Beleuchtungsfahrt genannt, bei der man laut Verordnung zur Hälfte innerorts und zur Hälfte außerorts fährt.

Wir fuhren in das schöne Müglitztal in Richtung Glashütte. Es war mild draußen, da der Frühling nahte, und alles sah nach einer entspannten Dunkelfahrt aus.

Doch weit gefehlt. Herr Rot war nämlich in Wirklichkeit ein Grüner.

Vor der Fahrt hatten wir nochmal alles durchgesprochen, was die Beleuchtung am Auto betraf und besonders wie wir uns bei Wild auf der Fahrbahn verhalten. Da ich bereits einen anstrengenden Arbeitstag hinter mir hatte, war ich schon etwas müde und lehnte mich entspannt zurück.

Doch mit entspannen war nichts, denn plötzlich fuhr Herr Rot Schlangenlinien. Rechts, links, rechts, links. Ich war plötzlich wieder hellwach und fragte ihn, was denn los sei.

Daraufhin antwortete Herr Rot: „Sehen Sie denn die vielen Frösche nicht? Ich mache mit meiner Frau bei einem Froschrettungsprogramm mit. Wir treffen uns mit anderen Leuten und sammeln die Frösche ein, um sie dann über die Straße zu tragen und wieder auszusetzen."

Ich bin ja selten sprachlos, aber hier war es mal der Fall. Wegen jedem Frosch auszuweichen, ist doch ein bisschen übertrieben, oder? Ich fahr ja auch nicht mit Mutwillen Frösche tot, aber jedem einzelnen ausweichen? Ich erklärte ihm dann jedenfalls, dass das im Straßenverkehr nicht geht und gefährlich ist. Das sah er dann auch ein und wir fuhren dann GERADLINIG wieder Richtung Dresden.

Also, wenn Sie mal nachts nicht schlafen können – retten Sie Frösche!

Hilfe während der Prüfungsfahrt

Bei der praktischen Prüfungsfahrt ist es bekanntlich so, dass der Fahrlehrer seinem Schüler nicht mehr helfen darf (genau wie in der Schule). Das heißt, der Prüfer sagt die Strecke an, und ich muss schweigen wie ein Grab, es sei denn, ich muss im Ernstfall eingreifen. Man könnte sich zwar vorher mit dem Fahrschüler Zeichen ausmachen, z.B. bei der Beachtung von Vorfahrt immer husten, dass fällt nur leider beizeiten auf. Denn die Prüfer sind ja auch nicht blöd und kennen die Tricks.

Es war also mal wieder Prüfungsfahrt mit einem bekannten Prüfer, der bestimmt lacht, wenn er diese Zeilen liest.

Mein Schützling, eine junge Frau, war natürlich mächtig nervös und ich war mir nicht sicher, ob sie die Nerven behält und fehlerlos die Prüfung überstehen würde.

Nach der Begrüßung durch den Prüfer ging die Fahrt los und gleich an der zweiten Kreuzung standen mir schon die Haare zu Berge. Vor dieser besagten Kreuzung stand ein großer LKW, durch den sie nur eingeschränkte Sicht hatte. Sie musste aber die Vorfahrt von rechts beachten. Aber sie konnte das gar nicht sehen, deshalb habe ich eine kleine Hilfestellung gegeben, die gleich bestraft wurde.

Ich habe mit den Finger nach rechts gezeigt, meine Schülerin bemerkte dies und verstand.

Doch plötzlich erschrak ich, denn der Prüfer donnerte von hinten: „Hoffi, die Hände unter den A...!“

Ich war mir sicher, dass er das nicht sehen konnte. Doch er hatte in meinen kleinen Fahrlehrerspiegel geschaut und den hatte ich (intelligenterweise) auch noch so eingestellt, dass der Prüfer alles sehen konnte.

Tu nichts Gutes, widerfährt dir auch nichts Böses.

Einfach nur peinlich

In dieser Geschichte geht es um den Fahrlehrer und zwar nur um den Fahrlehrer.

Vor einigen Jahren rief mich mein lieber Schwiegervater aus Berlin an und fragte, ob ich ihm in Sachen Autokauf beraten könnte.

„Na klar!“, dachte ich mir. Kein Problem. Also bin ich in meiner Pause mit meinem Fahrschulauto (samt Fahrschulschild an der Heckklappe!!!) schnell in ein bekanntes Autohaus in Dresden gefahren, um ein paar Prospekte zu besorgen. Ich muss noch dazu sagen, dass das Fahrschulschild sich bei Privatfahrten (laut Vorschrift) nicht am Auto befinden darf, da es ja keine Ausbildungsfahrt ist. In diesem Autohaus war ich weder Kunde noch in irgendeiner Weise bekannt.

Ich also schnell rein ins Autohaus, einige Prospekte gegriffen und wieder raus zum Auto, die Pause war schließlich gleich zu Ende. Auf dem Hof stand der Werkstattmeister, um mit einigen Gesellen gemütlich eine zu rauchen.

Ich grüßte kurz und eilte zu meinem Wagen. Da ich aus der Parklücke vorwärts nicht herauskam, musste ich ein Stück rückwärts fahren. Kein Problem. Kurzer Blick in den Rückspiegel, Rückwärtsgang rein und los ging´s. Peng! Was war das?

Ich stieg aus und sah das Malheur. Da hatte ich doch

die 40 cm hohen Betonpflanzkübel übersehen. Durch den Knall wurde die rauchende Meute aufgeschreckt und eilte herbei. Alle riefen aufgeregt durcheinander und wollten wissen, wo denn der Fahrlehrer sei.

Es war natürlich echt peinlich zu sagen, dass ich der Fahrlehrer bin.

Alle fingen an zu lachen, aber ich fand das gar nicht lustig. Ich machte mich schnell aus dem Staub, da der Pflanzkübel nicht stark beschädigt war und fuhr in eine ruhige Ecke, um den Schaden meines Autos zu begutachten.

Ich musste zugeben, die Stoßstange war ganz schön in Mitleidenschaft gezogen worden und der Lack sah auch nicht mehr so gut aus.

Daraufhin bin ich mit hängenden Schultern zur Fahrschule zurückgefahren und habe meinem Chef alles gebeichtet. Aber der meinte nur: „Naja, das kann ja jedem mal passieren, solange es nicht täglich vorkommt …“

Bis jetzt ist es (toi, toi, toi) nicht wieder passiert.

Auch ein Fahrlehrer ist vor so was nicht gefeit.

Brigitte Nielsen

Der Name Brigitte Nielsen ist der Männerwelt sicherlich ein Begriff, oder? Von dieser „Person" handelt nämlich diese Geschichte.

In der Fahrschule ist es ja so, dass man vor der praktischen Fahrschulprüfung seine finanziellen Verbindlichkeiten gegenüber der Fahrschule geklärt haben muss, dass heißt, man muss auf null stehen. Bei einem Fahrschüler, der damals noch bei der Bundeswehr war, war das leider nicht der Fall. Das heißt, er hatte zwar die Prüfung bestanden und den Führerschein in der Hand, jedoch noch einen Geldbetrag gegenüber der Fahrschule offen. Da ich seine Adresse ja kannte und ich gerade in der Nähe war, bin ich da mal hingefahren, um das fehlende Geld einzutreiben.

Als ich dort klingelte, rührte sich nichts. Ich wollte gerade gehen, als sich die Tür öffnete und vor mir „Brigitte Nielsen" stand: Roter halboffener Bademantel, lange Beine, üppige Oberweite, wasserstoffblonde Haare, rote Lippen und einen Blick, als würde sie mich gleich in die Wohnung ziehen wollen. Ich hatte schon das Gefühl, mich am Türrahmen festzuhalten zu müssen.

„Hallo, Sie wünschen bitte?", säuselte sie.

Ich fing erst mal zu stottern an und brachte dann meine „Geldforderung" hervor.

Sie sagte, sie hätte kein Geld im Haus, aber ich könnte gern auf ein Gläschen Sekt mit reinkommen. Ich habe natürlich dankend abgelehnt und sie erwiderte darauf: „Kommen Sie doch bitte am Freitag wieder, da habe ich das Geld *aufgetrieben*!"

Am Freitag war mir gar nicht wohl, da wieder anzutreten, aber es musste ja sein. „Brigitte" öffnete wieder im gleichen Outfit die Tür, nur mit dem Unterschied, dass der obere Teil des Bademantels noch ein Stück weiter offen stand und das rechte Bein lasziv nach vorn geschoben war. Wie beim letzten Mal hauchte sie mit den Geldscheinen wedelnd: „Na Herr Fahrlehrer, Sie haben doch bestimmt schon Feierabend? Wie wäre es denn heute mit einem Schlückchen Sekt?"

Ich darauf zu ihr: „Nee, lassen Sie mal, meine Frau wartet zu Hause auf mich." Ich schnappte mir das Geld und suchte schnell das Weite.

Da bin ich der „Brigitte" aber noch mal von der Schippe gesprungen!

Angst vor der Autobahn

Ab und zu kommen auch etwas ältere Fahrschüler in die Fahrschule, um den Führerschein zu machen. Der Hintergrund ist meist traurig, da häufig der Ehegatte verstorben ist. Zu solchen Schülern bin ich besonders nett und einfühlsam (was ich ohnehin schon bin).

So war es auch bei Frau Schober, deren Mann plötzlich infolge eines Herzinfarktes verstorben war. Die Fahrschulausbildung fiel ihr sehr schwer, da sie eigentlich nie Auto fahren wollte. Aber nun war der Mann gestorben, sie hatte ein Grundstück außerhalb von Dresden und ein Auto vor der Tür stehen. Was bot sich da mehr an, als Autofahren zu lernen?

Bei den Sonderfahrten wie Autobahnfahren tat sie sich besonders schwer. „Muss ich das? Brauche ich das?“, fragte Frau Schober immer ganz ängstlich, wenn ich mit dem Thema anfing. „Ich fahre später sowieso keine Autobahn!“

Ich erklärte ihr dann immer, dass diese Sonderfahrt zur praktischen Ausbildung dazugehört und eventuell bei der Prüfung gefordert wird. „Sie müssen sich immer sagen, dass Sie Autobahnfahren lieben und es ihre Welt ist“, sagte ich zu ihr. „Auch wenn es in Wirklichkeit gar nicht der Fall ist.“

Der Prüfungstag war da und es kam wie es kommen musste. Der Prüfer forderte Frau Schober auf,

Richtung Autobahn zu fahren. Sie ließ sich nichts anmerken und sagte ganz laut: „Oh ja, Autobahnfahren, das ist meine Welt!“

Der Prüfer war sichtlich überrascht, dies von meiner betagten Fahrschülerin zu hören. Er darauf: „Ich nehme mal an, dass Sie das besonders gut beherrschen, dann können wir uns das ja sparen und wir fahren gleich wieder Richtung Dresden.“

Ich hörte den Stein von Frau Schober´s Herzen fallen und sie atmete auf. Die Prüfung bestand sie mit Bravour.

Gewusst wie!

Transporter mit den Stahlrohren

Es gibt ja Ausbildungsfahrten, bei denen (aus welchen Gründen auch immer) mir als Fahrlehrer etwas mulmig oder sogar regelrecht schlecht vor Angst wird.

Ich war mit einer Fahrschülerin im Stadtteil Leubnitz unterwegs und vor uns fuhr in gleicher Richtung ein großer Transporter mit Stahlrohren beladen, die etwa zwei Meter hinter dem Transporter herausragten. Diese waren natürlich aufgrund ihrer Überlänge mit einer roten Fahne gekennzeichnet. In gleicher Richtung lief in Höhe des Transporters eine kleine, zierliche Oma, die kaum 1,50 Meter maß.

Auf einmal setzte der beladene Wagen den Blinker, um nach links abzubiegen.

Bei diesem Anblick wurde mir blitzartig schlecht, denn ich ahnte, was nun kommen würde.

Durch das Linksabbiegen schwenkten die überlangen Stahlrohre komplett über den Gehweg aus in Richtung Oma. Man kann nur von großem Glück reden, dass die Oma so klein war, denn die Rohre schaukelten genau über den Kopf der alten Dame hinweg. Es waren vielleicht nur 10 cm Platz zwischen Kopf und den Stahlrohren.

Das Absurde daran war, dass der Fahrer und die Oma es beide nicht einmal bemerkt hatten, in welch brenzliger Situation sie sich befanden. Nicht auszudenken, wenn die Oma so groß wie unsere Brigitte Nielsen (aus der Vorgeschichte) gewesen wäre. Dann würde es die Oma bestimmt nicht mehr geben.

Schwein gehabt!

Gefahren wie eine Oma

Es war einmal eine sehr nette Fahrschülerin (klingt fast wie im Märchen), die bei mir den Führerschein machte. Sie kam übrigens auf Empfehlung ihres Bruders, der ebenfalls bei mir den Führerschein gemacht hatte. Also kann es ja gar nicht so schlecht gewesen sein.

Die gesamte Fahrschulausbildung lief bei ihr relativ problemlos, deshalb wurde die praktische Prüfung beizeiten eingeplant. Ich dachte, bei der Prüfung läuft alles glatt, aber da hatte ich mich wohl getäuscht, wie das im Leben manchmal so ist.

Beim Einhalten der Verkehrsregeln gab es gar nichts zu meckern, doch sie fuhr bei der Prüfung entschieden zu langsam. Hinter uns entstand schnell ein Stau und bald fingen einige Autos an zu hupen. So kann man natürlich keinen Führerschein bekommen, und sie fiel durch die Prüfung.

Frau Blum war unendlich traurig und konnte es nicht verstehen, warum sie durchgefallen war. „Was habe ich denn falsch gemacht, Herr Hoffmann?“, schniefte sie.

„Mensch, Frau Blum, nehmen Sie mir es bitte nicht übel, aber Sie sind gefahren wie eine alte Oma! Beim nächsten Mal fahren Sie wie eine junge Frau, versprochen?“

Sie nickte und trat geknickt den Heimweg an. Die

nächste Prüfung fand nach drei Wochen statt und begann sehr vielversprechend und vor allem zügig.

Doch in den letzten 15 Minuten der Prüfungszeit fiel Frau Blum wieder in ihr altes Muster zurück. Sie wurde langsamer und langsamer. Und ich bekam schon Angst, dass wir jeden Moment ganz stehen bleiben würden. Der Prüfer zückte schon sein Protokoll und den Stift, was bekanntlich kein gutes Zeichen ist. Ich darauf zu Frau Blum: „Sagen Sie mal, wie geht es denn eigentlich Ihrer Oma?"

Mit einem Mal wurden wir in die Sitze gedrückt und mein Prüfling fand endlich das Gaspedal wieder. Ab ging die Post! Der Prüfer verstaute daraufhin seine Utensilien wieder in der Tasche und lehnte sich sichtlich zufrieden zurück. Er fragt sich bestimmt heute noch, warum Frau Blum so plötzlich „ihr Gas" wieder gefunden hatte.

Bestanden, dank Omas Hilfe!

Machen Sie auch die Praxis bei mir?!

Vor etlichen Jahren kamen die Prüfer der Prüfungsorganisation noch selbst in die Fahrschule, um die theoretische Prüfung abzunehmen. Das heißt, es wurden die Prüfungsbögen für die jeweiligen Fahrerlaubnisklassen verteilt und man musste nur noch das Kreuz an die richtige Stelle setzen. Dann trabte man an den Schreibtisch des Prüfers, dieser legte die Schablone an und dann erfuhr der Prüfling, ob er bestanden hatte oder nicht.

So auch geschehen vor etlichen Jahren zur theoretischen Prüfung in unserer Fahrschule. Der Raum war mit Prüflingen gut gefüllt und unter ihnen war eine recht attraktive Dame mittleren Alters. Wobei sich das attraktiv sehr auf ihre ausladende Oberweite bezog … Sie hatte eine weiße Bluse an und die beiden oberen Knöpfe waren weit geöffnet (weiter als erlaubt), sodass man den Ansatz ihres BH´s schon sehen konnte.

Als sie dann an den Tisch des Prüfers trat und sich weit nach vorn lehnte, um zu sehen, ob sie bestanden hatte, blickte der Prüfer auf und sah direkt in ihr Dekolleté.

Der Prüfer bekam Stielaugen und einen Silberblick und beglückwünschte sie zur bestandenen Prüfung. Er wollte ihre Hand gar nicht mehr loslassen und schüttelte und schüttelte.

„Machen Sie auch die Praxis bei mir, junge Dame?“, säuselte der Prüfer.

„Äh, …“ Sie wusste gar nicht, was sie darauf antworten sollte. Der Prüfer meinte natürlich die etwas andere Praxis, die er ihr gern etwas näher gebracht hätte.

Doch das hat sie wohl gar nicht verstanden, da sie von ihrem Wesen eher naiv war (keiner ist ja vollkommen).

Ich könnte wetten, wenn dieser Prüfer die Geschichte hier liest, weiß er gleich, dass er gemeint ist.

Fahrlehrer mit einem dicken Kopf

Beim Lesen dieser Überschrift werden die meisten denken, da hat wohl der Fahrlehrer am Abend zuvor zu tief ins Glas geschaut und am nächsten Tag noch einen Brummschädel gehabt. Aber es war natürlich ganz anders.

Es gibt ja bekanntlich nur ein Verkehrsschild, wo klar und deutlich drauf steht, was man tun soll: nämlich das Stoppschild! Ich könnte ein ganzes Buch füllen über Episoden, die von Stoppschildern handeln.

Der Fahrschüler bei dieser praktischen Führerscheinprüfung hieß Herr Edel und war eigentlich ein ganz pfiffiger Bursche, jedenfalls bis wir uns einem Stoppschild näherten. Er hielt auch ordnungsgemäß an der Haltelinie an (bis alle Räder ruhten) und fuhr dann weiter bis zur Sichtlinie. Kurzer Blick links, kurzer Blick rechts und wollte weiterfahren.

Da von rechts aber doch ein LKW kam, habe ich es vorgezogen zu bremsen – zumal ich daheim Frau und Kinder habe und ich auch den Prüfer sehr gut leiden konnte.

Der Schüler hatte natürlich glatt den LKW übersehen. Der ist ja auch so klein, da kann man den schon mal übersehen … Dass die Prüfung damit gelaufen war, brauche ich bestimmt nicht erwähnen.

Daraufhin der Prüfer zum Schüler: „Sagen Sie mal,

haben Sie den LKW nicht gesehen? Der hatte doch Vorfahrt!“

Der Prüfling erwiderte: „Ich konnte den LKW von rechts auf der Vorfahrtsstraße nicht sehen, weil der Herr Hoffmann so einen großen Kopf hat.“

Daraufhin mussten der Prüfer und ich erst mal herzhaft lachen und schlussendlich stimmte auch Herr Edel mit ein.

Wenn man schon einen Fehler macht, sollte man auch eine GUTE Ausrede parat haben!

Als Fahrlehrer hat man es auch mal eilig

Ab und zu muss ich auch Samstag mal ran zum Arbeiten, wenn es heißt: Theorieunterricht. Dieser begann immer 8 Uhr, wurde aber später auf 9 Uhr verlegt, damit die Fahrschüler früh etwas länger schlafen können. Die Jugend von heute …

Es war an so einem Samstagmorgen, als der Unterricht noch 8 Uhr begann. Da ich wusste, dass Samstag früh auf den Straßen wenig los ist, bin ich erst kurz vor knapp von daheim losgefahren.

An der ersten roten Ampel stand vor mir ein kleiner roter PKW. Am Steuer eine junge Frau und daneben eine ältere Dame. Hätte Mutter und Tochter sein können und war es auch, wie sich später noch rausstellen sollte. Auf der Heckscheibe klebte ein großes „A“, also kein Abfalltransport – sondern ein Fahranfänger. Es kam wie es kommen musste, die Ampel wurde grün und das Auto vor mir kam nicht „aus der Hüfte“ (entweder Kupplung zu schnell gekommen oder falscher Gang drin). So ging es genau fünf Ampelphasen: rot, grün, rot, grün,… Das Auto rührte sich nicht von der Stelle und die beiden lachten sich kaputt.

Ich merkte, wie langsam mein Blutdruck anstieg und mir der Kamm schwoll. Ich hatte keine Zeit und die Fahrschüler warteten schon in der Fahrschule auf mich. Als sich der Wagen dann doch irgendwann von der Stelle bewegte, habe ich sie natürlich gleich überholt und schaute im Vorbeifahren noch schnell ins Auto, wer denn diese beiden Frauen waren.

Mich traf fast der Schlag! Wer saß am Steuer? Meine ehemalige Fahrschülerin (welche erst einen Tag vorher die praktische Prüfung bestanden hatte) mit ihrer Mutter. Da es von uns auch noch gute Bekannte waren, habe ich sogar noch rübergelächelt, was mir jedoch etwas schwer fiel.

Ich habe mich dann doch gefragt, ob ich in der Fahrschulausbildung irgendwas falsch gemacht habe. Aber man weist ja alle Schuld von sich. Mit quietschenden Reifen bin ich dann doch noch pünktlich an der Fahrschule angekommen. Gott sei Dank.

Auch ich hab´s mal eilig.

Die Sitzheizung

Man hat ja eigentlich zu allen Fahrschülern einen sehr guten Draht, aber es gibt auch Fahrschüler da hat man einen besonders guten. Das heißt, man liegt auf einer Wellenlänge, wie bei Herrn Gotthardt. Wir haben uns von Anfang an bestens verstanden. Seine Fahrstunden absolvierte er im Sommer und das war mal wieder einer der heißesten der letzten Jahre. Die Fahrschulausbildung verlief eigentlich sehr gut bis auf das Einparken.

Darüber gibt es sogar ein Buch: „Warum Männer nicht zuhören und Frauen schlecht einparken!" Schade, dass das Buch nicht von mir ist! Bei diesem Fahrschüler war es aber genau umgedreht.

Da er sich mit dem Einparken wieder einmal sehr schwer tat, kam mir folgende Idee: Ich schalte einfach mal die Sitzheizung an und drehe diese auf Stufe 5 (man beachte: es waren draußen 38 Grad im Schatten!). Gesagt, getan.

Auf einmal rutschte Herr Gotthardt auf seinem Sitz hin und her. „Sagen Sie mal Herr Hoffmann, ist die Sitzheizung an?"

Ich daraufhin grinsend zu ihm: „Ja, sogar auf der höchsten Stufe! Und die wird erst abgestellt, wenn es mit dem Einparken klappt!"

Es bildeten sich gleich noch mehr Schweißperlen

auf seiner Stirn und er erwiderte jammernd: „Das ist ja die reinste Folter! Ich gebe mir doch schon die größte Mühe."

So etwas kann man natürlich nicht mit jedem Fahrschüler machen, aber er hat es mit Humor genommen und das Einparken klappte plötzlich einwandfrei.

Der Tag der praktischen Prüfung war da. Und was kam dran? Richtig! Einparken längs zur Fahrtrichtung. Mein Fahrschüler wurde eine Schattierung blasser und ich sagte ganz gelassen zum Prüfer: „So eine Sitzheizung ist was Feines …"

Daraufhin der Prüfer: „Das kann ja sein Hoffi, aber doch nicht bei 38 Grad Außentemperatur!"

Herr Gotthardt wusste aber gleich, was ich meinte. Er absolvierte das Einparken und die gesamte Prüfung mit Bravour.

Da hat die Sitzheizung doch ihren Dienst getan!

Ehemalige Fahrschülerin mit großen Augen

Es ist ja oft so, dass die Fahrschüler ihr Fahrverhalten grundlegend ändern, sobald sie die Prüfung bestanden haben und ihren Führerschein in der Hand halten. Das trifft natürlich nicht auf alle zu, aber für einige doch.

Die meisten von ihnen haben dann ein kleines Auto gekauft, geschenkt bekommen, geborgt oder gekl... Und einige haben dann doch vergessen, dass sie selbst mal Fahrschüler waren, wenn sie auf der Straße einer Fahrschule begegnen.

Sie raufen sich die Haare und denken sich: „Mein Gott, wie die heute wieder auf der Straße rumgurken!" So auch in dieser Geschichte geschehen.

Wir standen also an einer roten Ampel und hinter uns stand eine ehemalige Fahrschülerin von mir mit ihrer Mutti auf dem Beifahrersitz.

Im Rückspiegel bemerkte ich, dass sie über uns sprachen, denn als Fahrlehrer kann man ja schon fast Gedanken lesen.

Mein Fahrschüler meinte auch prompt zu mir: „Ich glaube, die machen sich über uns lustig."

Ich nickte zustimmend: „Aber den beiden wird das Lachen bestimmt ganz schnell vergehen, wenn wir mal ein Stück rückwärts fahren!"

Mein Fahrschüler sah mich nur grinsend an. Gesagt, getan. Rückwärtsgang rein, Schleifpunkt suchen (und sogar auf Anhieb gefunden) und los ging´s. Ganz langsam rollten wir rückwärts und beobachteten im Rückspiegel was passiert.

Auf einmal wurden aus den lachenden Gesichtern todernste Mienen mit großen Augen. Aber sie sahen dann unsere lachenden Gesichter und merkten natürlich, dass alles nur Spaß war.

Irgendwann wurde die Ampel dann grün und wir verloren uns aus den Augen.

Wie du mir, so ich dir!

Die Heckscheibenheizung

Es war einmal bei einer Prüfungsfahrt im Spätherbst, mit allem was dazugehörte: Nieselregen, nasskalt, alles grau in grau und neblig. Da möchte man am liebsten daheim bleiben …

Herr Heppner war heute Prüfling und ich sagte ihm schon mal, dass wir fast alles anschalten, was es im Auto so gibt: Beleuchtung, Scheibenwischer, Heckscheibenheizung usw. Denn wir wollen ja was sehen und auch gesehen werden.

Die eigentliche Prüfungsfahrt verlief dann relativ unspektakulär, bis der Prüfer bemerkte, dass wir nach hinten keine Sicht hatten. Die Heckscheibe war total beschlagen. Herr Heppner hatte vergessen, die Heckscheibenheizung einzuschalten, obwohl ich ihn vor Prüfungsbeginn daran erinnert hatte. Doch daran hatte er nicht mehr gedacht. Kann in dem ganzen Stress mal passieren.

Der Prüfer meinte nur: „Schalten Sie bitte mal die Heckscheibenheizung an. Sie haben ja nach hinten gar keine Sicht mehr!“ Mein Prüfling reagierte sofort und setzte alle Hebel in Bewegung.

An der nächsten Kreuzung mussten wir an der roten Ampel halten und auf einmal gab es von hinten einen Schlag.

Da ist uns doch nicht etwa ein LKW hinten reingefahren! Er hatte die Bremse nicht gefunden, nachdem er (ANGEBLICH im dichten Nebel) einer langbeinigen Blondine hinterhergeschaut hatte. Die wäre mir sicherlich auch aufgefallen!

Jedenfalls war unser Auto hinten ganz schön demoliert und die Heckscheibe fehlte ganz.

Daraufhin der Prüfer ganz trocken: „Herr Heppner, ich glaube, die Heckscheibenheizung können Sie wieder ausmachen. Es gibt ja keine mehr."

Der Fahrschüler stand (verständlicherweise) total unter Schock, aber wir konnten ihn dann doch noch beruhigen.

An der Heckscheibenheizung lag es jedenfalls nicht, dass die Prüfung abgebrochen werden musste.

Das Hochzeitskleid

Ich hatte mal wieder eine sehr nette Fahrschülerin (wie fast immer), die Frau Erle hieß.

Diese arbeitete in einem Dresdner Krankenhaus und hatte seit vielen Jahren einen festen Freund. Die beiden waren schon ein paar Jahre zusammen und langsam wurde auch die Hochzeit geplant, doch es stand noch kein richtiger Termin fest.

Vor ein paar Jahren waren sie mal im Urlaub in Italien. Bei einem Stadtbummel in Rom entdeckten sie in einer bekannten und vor allem teuren Modeboutique ein sehr schönes Hochzeitskleid, welches die künftige Braut unbedingt zu ihrem schönsten Tag ihres Lebens tragen wollte.

Nachdem sie ihrem Freund tagelang auf die Nerven ging, wurde das gute Stück gekauft und mit in die Heimat gebracht. Das Prachtstück staubte im Schrank drei Jahre vor sich hin.

Da aber Frau Erle von süßen Sachen sehr angetan war, hatte sich ihre Körperform in diesen drei Jahren … nun ja … etwas entwickelt.

Der Hochzeitstermin stand für dieses Jahr nun endlich fest. Die Verlobten freuten sich sehr auf diesen Tag.

Frau Erle lud einige Wochen vorher ihre besten Freundinnen nach Hause ein, um ihnen das tolle

Brautkleid vorzuführen. Wie Sie sich bereits denken können, passte das gute Stück nicht mehr – weder vorne noch hinten.

Völlig geknickt kam sie am nächsten Tag zur Fahrstunde und klagte mir ihr Leid. „Wenn das mein Verlobter erfährt, dass ich in das sündhaft teure Kleid nicht mehr reinpasse … der wird verrückt! Was mache ich denn nur?"

Leider wusste ich mir da auch keinen Rat. Der Fahrlehrer hat zwar immer viele Ideen für Ernstfälle parat, aber da war selbst ich mit meinem Latein am Ende. Wie die Sache ausging, habe ich leider nie erfahren, da sie vor der Hochzeit ihren Führerschein bestanden hatte.

Ach ja, die lieben Süßigkeiten!

Die Hornbrille

Diese Geschichte handelt von einer lieben Fahrschülerin mittleren Alters (kein Mittelalter), welche Frau Zeitler hieß. Sie hatte ein großes Handicap: ihre schlechten Augen. Sie konnte zwar Autofahren und dies sehr gut, aber nur mit ihrer sehr starken Brille. Das Brillenmodell war nicht mehr das modischste und hatte sehr, sehr dicke Brillengläser.

Die praktische Prüfung verlief eigentlich ganz normal. Ich musste wie immer vor Fahrtbeginn einen Schalter betätigen, um dem Prüfer zu signalisieren, wenn ich eingreife. Das heißt, sobald ich die Kupplung trete, bremse oder Gas gebe, ertönt ein Klingeln.

Die Prüfung war fast geschafft, bis Frau Zeitler eine rote Ampel schlichtweg übersah und das bei guter Sicht und frisch geputzter Brille. Also musste ich eine Vollbremsung hinlegen, um einen Unfall zu vermeiden. Denn wenn wir rot haben, hat demzufolge jemand anderes grün und zwar der Querverkehr.

„Fahren Sie bitte mal rechts ran“, sagte der Prüfer. Dieser Satz bedeutet meist das Ende der Prüfung.

„Frau Zeitler, ich verstehe das gar nicht. Das war so eine gute Prüfungsfahrt! Haben Sie denn die rote Ampel gar nicht gesehen? Da haben Sie schon so eine starke Brille, die mich an den Boden meiner Rotweinflasche zu Hause erinnert.“

Daraufhin musste sogar Frau Zeitler, mit ein paar Tränen im Augenwinkel, lachen. Die Prüfung wurde zwei Wochen später mit einem positiven Ausgang wiederholt.

Also, immer schön die Brille putzen!

Wehleidiger Fahrschüler

Es gibt ja solche und solche Fahrschüler, egal ob Männlein ob Weiblein. Der eine ist wehleidig, der andere weniger.

Mein nächster Fahrschüler war von der ganz schlimm wehleidigen Sorte. Schon bei der Anmeldung in der Fahrschule kam er mit seiner Frau und sprach kaum (eigentlich gar nicht). Seine Gattin führte das Wort, wobei ich zuerst dachte, das ist Mutter und Sohn. Doch es stellte sich heraus, dass die beiden verheiratet waren und sogar zwei Kinder hatten (bei der Zeugung muss man ja auch nicht viel reden).

Es war kein Mann, sondern ein Jammerlappen. Er arbeitete in einem ruhigen Büro, wohingegen seine Frau im Drei-Schicht-System rackerte.

Bei jeder Fahrstunde das Gleiche: „Ich bin heute so müde. Ich fühle mich so schlapp. Ich habe Angst. Muss das jetzt sein …“ Ich könnte die Liste beliebig fortführen.

Da er aber Kunde der Fahrschule und sensibel war, musste ich mein ganzes Einfühlungsvermögen einsetzen.

Bei einem Fahrtermin erschien er gar nicht, sondern das Telefon in der Fahrschule klingelte. Dreimal dürfen Sie raten, wer dran war. Richtig! Mein wehleidiger Fahrschüler. „Herr Hoffmann, das wird heute nichts. Ich bin vollkommen geschafft von der Arbeit und müde."

Plötzlich hörte ich die resolute Stimme seiner Ehefrau im Hintergrund. Dann hatte ich sie auch schon an der Strippe. „Hören Sie, Herr Hoffmann? Kommen Sie bitte her, mein Mann fährt!"

„Ja, aber …", hörte ich ihn nur im Hintergrund widersprechen.

Gesagt, getan. Als ich dort ankam, standen beide schon am Straßenrand. Er kreidebleich mit hängenden Schultern und seine Frau mit verschränkten Armen und verkniffenem Gesicht. Sie nickte mir nur kurz zu und machte auf dem Absatz kehrt.

Irgendwie bekamen wir die Fahrstunde rum, und er verabschiedete sich erleichtert von mir. Ab da kam er immer pünktlich zu den Fahrstunden.

Nach einigen Monaten hatte ich ihn endlich soweit, dass er die praktische Prüfung antreten konnte. Er wurde (natürlich!) von seiner Gattin zur Prüfungsstelle begleitet und (nach bestandener Prüfung) auch wieder abgeholt. Also, wenn ich eine Frau wäre, hätte ich mir so etwas nicht angetan. Das ist doch, als hätte man statt zwei Kinder drei, oder?

Wenn Frauen die Hosen anhaben!

Der Scheibenwischer

Meine nächste Fahrschülerin war eine sehr penible und genaue Person namens Frau Kohler. In der Fahrschulausbildung hatte sie alles sehr genaugenommen und sich ihre Fehler sogar aufgeschrieben. Also das ganze Gegenteil von mir früher in der Schule … Da sie so genau war und alles sofort richtig umsetzte, was ich ihr erklärte, konnten wir nach relativ wenigen Stunden die praktische Prüfung anmelden.

Aber wie es manchmal so ist, hat es während der Fahrschulausbildung im Sommer kaum geregnet. Am Prüfungstag goss es jedoch in Strömen.

Ich erklärte ihr nochmals: „Und bitte denken Sie daran, Beleuchtung und Scheibenwischer anzuschalten."

Der Prüfer kam und die Fahrt konnte losgehen. Doch was vergaß mein Prüfling bei der Aufregung? Richtig, die Scheibenwischer. Durch den starken Regen habe ich die Verkehrsschilder und die Personen im Straßenverkehr nur noch schemenhaft erkannt. Da Frau Kohler natürlich auch sehr wenig sah, klebte sie mit ihrer Nase fast an der Frontscheibe. Aber an den Scheibenwischer dachte sie nicht. In einem günstigen Moment, als der Prüfer gerade in seiner Aktentasche nach einem Kugelschreiber kramte, schnellte meine linke Hand Richtung Scheibenwischer und tatsächlich setzte er sich prompt in Bewegung. Der Prüfer muss wohl im Augenwinkel etwas bemerkt haben, denn er fragte gleich: „Wer hat denn den Scheibenwischer angeschaltet?“

Ich erklärte ihm schulterzuckend: „Natürlich Frau Kohler!“

Er blickte mich skeptisch an, sagte aber nichts.

Frau Kohler war natürlich über die plötzlich gute Sicht sehr erfreut und sank in ihren Fahrersitz entspannt zurück. Einer glücklichen Rückfahrt zur Prüfungsstelle stand nichts mehr im Wege.

Ende gut, alles gut.

Der Stringtanga

Es werden sich natürlich etliche Leser fragen, was ein Stringtanga mit der Fahrschule zu tun hat. Lesen Sie selbst!

Es war einmal in einer meiner allerersten Fahrstunden mit einem Fahrschüler auf einem großen Parkplatz in Dresden Nickern. Wir drehten dort so unsere Runden, als ein Biker (also noch älter als ich) mit seinem Motorrad auf den Parkplatz fuhr und dort auch seine Runden drehte.

Ich dachte mir noch so: „Naja, vielleicht keine Frau zu Hause oder er hat Langeweile …“ Denn wie mir die meisten Männer Recht geben, hat man mit einer Frau daheim nie Langeweile. Irgendwelche Aufträge und Aufgaben gibt es immer.

Während ich so meinen Gedanken hinterherhing, näherte sich eine junge, etwa zwanzigjährige Frau mit einem großen Rucksack dem Motorrad und winkte dem Biker zu. Die beiden begrüßten sich, und plötzlich ließ das Mädel alle Hüllen fallen und stand nur in BH und Stringtanga auf dem Parkplatz. Der Motorradfahrer reichte ihr die Motorradkluft und sie schlüpfte hinein. Für die Männer war das natürlich der Hingucker des Tages.

Mein Fahrschüler und ich saßen mit offenem Mund im Auto.

Ich sagte zu ihm: „Träume ich gerade oder sehen Sie das auch?“

Er darauf ganz verdattert: „Nee, ich äh … sehe das auch …“

Ich ließ meinen Fahrschüler gleich nochmal eine extra Runde drehen, natürlich nur um zu sehen, ob sie sich auch richtig angezogen hat. Denn es wehte ein kühles Lüftchen und ich wollte nicht, dass sie sich verkühlte. Als wir um das Motorrad herumfuhren, sah ich, dass es sich um eine Fahrschule handelte.

Ob sie sich bei der praktischen Motorradprüfung auf dem Hof der Prüfungsstelle auch so entblätterte, ist mir leider nicht bekannt. Der Prüfer hätte sich sicherlich über den Anblick sehr gefreut.

Das war mal was fürs Auge!

Das Kind mit dem Fahrradhelm

Diese Geschichte geschah an einem Frühlingstag im schönen Lockwitzgrund. Wir standen an einer Ampelkreuzung und mussten dort sehr lange warten, weil sich die Busse im Querverkehr freigeschaltet hatten.

Neben mir stand ein kleiner Junge, vielleicht sechs Jahre alt, mit seinem Fahrrad und wollte in die gleiche Richtung wie wir. Er hatte sogar seinen Fahrradhelm dabei, aber nicht auf dem Kopf, sondern auf dem Gepäckträger. Da lag er natürlich gut …

Ich hatte bei dem schönen Wetter das Fenster unten und rief ihm zu: „Warum setzt du denn deinen Fahrradhelm nicht auf?"

Darauf der Kleine ganz empört: „Nee, dass kannst du vergessen. Wenn mich so meine Klassenkameraden sehen! Ich mache mich doch nicht zum Idioten!"

So ging es eine ganze Weile zwischen uns hin und her.

„Na gut, dann rufe ich jetzt deinen Vater an! Den kenne ich nämlich sehr gut." Das stimmte zwar nicht, aber ich zückte mein Handy und tat so als würde ich eine Nummer wählen.

„Nein, nein! Okay, ich setze ihn ja schon auf!" Nun wanderte endlich das gute Stück vom Gepäckträger auf seinen Kopf, wo es schließlich hingehörte. Er sah zwar nicht wirklich glücklich aus und murmelte irgendwas vor sich hin, aber egal. Ohne uns zu verabschieden, fuhren wir beide los, als die Ampel endlich auf grün umschaltete. Im Rückspiegel sah ich aber, dass er sofort wieder anhielt und den Helm wieder abnahm und auf seinem Gepäckträger verstaute. Ich überlegte kurz nochmal anzuhalten, ließ es aber dann doch bleiben.

Hoffentlich ist er heil daheim angekommen!

Die Baustellenampel

Herr König war ein Fahrschüler mittleren Alters. Er hatte kurz nach der Wende seine Arbeit verloren und musste sich deshalb beruflich neu orientieren. Da dachte er sich: „Na gut, dann mache ich erst mal den Führerschein und danach starte ich neu durch als selbstständiger Taxifahrer."

Diesen Beruf übt er heute übrigens immer noch aus und kutschiert die Leute fleißig durch Dresden und Umgebung.

Ab und zu brauche ich auch mal ein Taxi, dann rufe ich ihn an und er ist zur Stelle.

Meistens schwelgen wir dann in alten Zeiten, so wie letztens: „Weißt du noch …"

Aber nun der Reihe nach. Herr König musste seine praktische Führerscheinprüfung einmal wiederholen, wegen einer Baustellenampel.

Die Prüfungsfahrt verlief sehr entspannt, da Herr König zum einen das Autofahren beherrschte und ich mich zum anderen mit dem Prüfer über das letzte Sportwochenende unterhalten konnte.

Langsam näherten wir uns einer Baustelle mit der dazugehörigen Ampel, welche auf rot stand. Ein Verkehrszeichen zeigte bereits vorher an, dass dort eine Baustellenampel stand. Dieses Schild schien mein Prüfling nicht gesehen zu haben, denn anstatt sich hinter den wartenden Autos einzureihen, zog er an den wartenden Autos links vorbei und befand sich plötzlich im Gegenverkehr.

Das nette Gespräch mit dem Prüfer wurde abrupt beendet und ich legte erst mal eine Vollbremsung hin, um einen Frontalunfall zu vermeiden. Daraufhin war die schöne Prüfungsfahrt ziemlich schnell beendet.

Wenn ich mal in seinem Taxi mitfahre, sagt er meist lachend zu mir: „Immer wenn ich an einer roten Baustellenampel stehe, muss ich an die erste missglückte Prüfungsfahrt denken.“

Aus Fehlern lernt man bekanntlich!

Die rote Ampel, welche keine war

Meine nächste Fahrschülerin hieß Frau Weber und war eine ganz liebe. Die Ausbildung absolvierte sie ohne Schwierigkeiten und deshalb stand schon bald die praktische Prüfung an.

Die Prüfungsfahrt verlief ganz normal, da wir durch Zufall die gleiche Strecke schon in der Ausbildung gefahren sind. Dadurch wusste Frau Weber schon, dass es am Ende der Straße eine Ampelkreuzung gab.

Ich lehnte mich entspannt zurück, denn es konnte ja nichts mehr schiefgehen. Aber Pustekuchen! Vielleicht so 200 Meter vor dieser Kreuzung parkte ein großer PKW mit abgedunkelten Scheiben. Durch dieses Auto hatten wir schlechte Sicht nach vorn. Was machte meine Frau Weber? Richtig, sie stellte sich hinter den großen PKW, nahm den Gang raus und wartete geduldig. Sie glaubte, der hält dort, weil die Ampel rot ist. Doch das war ja nicht der Fall. Alle anderen Fahrzeuge fuhren an uns vorbei und mein Prüfling merkte nichts.

Ich dachte mir nur: „Das darf jetzt nicht wahr sein!“ Ich hatte mit dem Prüfer über meinen Rückspiegel natürlich Blickkontakt und wir mussten beide trotzdem grinsen.

Nach drei bis fünf Minuten sagte meine Fahrschülerin plötzlich: „Warum fährt denn dieses Rindvieh nicht weiter!?“

Doch dann ging ihr ein Licht auf (immerhin), und sie sagte lachend: „Mensch, ich bin ja das Rindvieh! Der parkt ja hier.“

Und weiter ging die Prüfungsfahrt. Erster Gang rein, Innenspiegel – Außenspiegel – Blinken – Schulterblick und ab ging die Post.

Deswegen fällt man nicht durch die Prüfung, aber richtig gefreut hat sich der Prüfer über diese Aktion natürlich auch nicht.

Als Fahrlehrer braucht man viel Geduld (auch in der Prüfung)!

Der braune Pullover

Frau Hengst (nennen wir sie mal so) und ihr Mann haben ein sehr bekanntes Autohaus in Dresden. Also lag es natürlich auf der Hand, dass sie möglichst schnell einen Führerschein brauchte. Sie war sehr gesprächig und erzählte mir viel aus ihrem Privatleben und vom Autohaus. So auch folgendes:

Eines Tages machte sie mit ihrem Mann einen Einkaufsbummel durch die Altmarktgalerie. Vor einem Schaufenster einer teuren Boutique blieb sie stehen und entdeckte einen braunen Pullover aus Kaschmir. „Schatz, den muss ich unbedingt haben!“, sagte sie aufgeregt zu ihrem Mann.

„Hast du mal auf das Preisschild geschaut!? Das kommt überhaupt nicht in Frage! Dein Kleiderschrank sprengt jetzt schon jede Dimension!“, erwiderte ihr Mann entsetzt.

Daraufhin Frau Hengst schmollend: „Gut, dann schläfst du ab heute auf der Couch!“

Herr Hengst lachte laut auf: „Das machst du doch sowieso nicht.“

Sie darauf ganz ernst: „Das werden wir ja sehen.“

Der Tag war gelaufen und es ging heim in frostiger Stimmung. Zuhause angekommen konnte ihr Gatte sofort sein neues Domizil auf dem Sofa beziehen.

Nach geschlagenen zwei Wochen schnappte sich

Herr Hengst sein Bettzeug und legte sich einfach wieder ins Ehebett. Er hatte ja schließlich auch seine Bedürfnisse …

„Das kannst du aber vergessen. Solange du mir den Pullover nicht kaufst, kannst du die Schlafzimmertür gleich wieder von außen zumachen!", zitierte ihn seine Frau aus dem gemeinsamen Schlafgemach.

Seufzend und ohne Widerspruch zog er wieder ins Wohnzimmer um.

Am nächsten Morgen fuhr er gleich in die Altmarktgalerie, um den besagten Pullover zu kaufen. In der Boutique angekommen, erlebte er eine Überraschung. Der Pullover war ausverkauft! „Oh nein, das darf doch nicht wahr sein."

Die nette Verkäuferin verwies ihn nach Chemnitz, wo es noch eine Filiale gab. Anstatt vorher mal anzurufen, ob es den besagten Pullover überhaupt noch gab, fuhr er aufs Geradewohl los und erlebte dort wieder eine böse Überraschung. Auch in diesem Laden war der Pullover in Größe 38 bereits vergriffen.

Herr Hengst war der Verzweiflung nahe. Die Verkäuferin in Chemnitz rief dann in der Filiale in Leipzig an und hatte gute Nachrichten: Den Pullover gab es noch!

Sofort machte er sich auf den Weg und erstand das

gute Stück. Stolz kehrte er nach Hause zurück, packte es noch hübsch ein und überreichte es seiner Frau. Diese fiel ihm glücklich um den Hals und er kehrte noch am selben Abend wieder ins gemeinsame Schlafgemach ein.

Wer zu spät kommt, den bestraft das Leben!

Die heutige Jugend

Wenn man diese Überschrift liest, werden viele denken: „Jetzt hat der Fahrlehrer bestimmt wieder was zu meckern.“ Aber dem ist nicht so. Ich war ja selber mal jung und bin es bis jetzt im Herzen geblieben.

Aber es gibt natürlich auch Ausnahmen, so wie mein nächster Fahrschüler Herr Köhler. Er war ein Einzelkind und seine Eltern hatten kein eigenes Auto. So wie ich damals.

Dass Herr Köhler nicht Autofahren konnte, war natürlich klar, sonst hätte er sich ja nicht in der Fahrschule angemeldet. Aber dass Fahrschüler nicht aus dem Auto aussteigen können und den Schlüssel nicht aus dem Zündschloss bekommen, war mir gänzlich neu. Er stellte sich sehr ungeschickt an, und ich wusste manchmal nicht, ob ich schmunzeln oder heulen sollte.

In den ersten Fahrstunden fiel er beim Aussteigen regelrecht wie ein nasser Sack aus dem Auto.

Das hätten Sie mal sehen sollen! Ich eilte ihm jedes Mal zu Hilfe. Er öffnete die Autotür, blieb mit beiden Beinen im Auto, klammerte sich am Lenkrad fest und reckte seinen Allerwertesten als erstes an die frische Luft. Dann ließ er das Lenkrad los und verlor das Gleichgewicht.

Meine Kollegen hatten so was auch noch nicht gesehen und amüsierten sich köstlich. Daraufhin habe ich mich erbarmt und ihm erst mal gezeigt, wie man aus einem Auto ein- und aussteigt. Aber am meisten tat mir mein Zündschloss leid. Mit roher Gewalt wurde an dem Schlüssel gezerrt und gezogen. Aber quer geht er nun mal nicht aus dem Schloss.

Ich dachte jedes Mal: „Hoffentlich lässt er das Zündschloss drin.“ Er konnte sich nicht erklären, warum sich der Schlüssel keinen Millimeter bewegte.

Ich wies ihn darauf hin, dass er das mit ein bisschen Gefühl machen muss.

Daraufhin schaute er mich ganz verständnislos an. Eine Freundin hatte er übrigens noch nie gehabt.

Da dachte ich mir so: „Gut, hier ist anscheinend Hopfen und Malz verloren.“ Ich fragte ihn daraufhin, wie er denn zu Hause die Wohnungstür zuschließt.

„Na der Schlüssel geht nur senkrecht zu entfernen.“

„Siehst du, das ist beim Auto auch nicht anders“, erwiderte ich seufzend.

Schmerz lass nach!

Annäherungsversuche

Mein nächster Fahrschüler hieß Herr Fritzsche und war ein notorischer Schwarzfahrer. Das habe ich gleich bemerkt, denn Fahranfänger haben immer beide Hände am Lenkrad. Manche denken sogar, es wäre ein Haltegriff und umklammern es wie einen Schraubstock. Die Knöchel werden dann vor Anstrengung schneeweiß.

Er dagegen fuhr jedoch nur mit einer Hand. Ich musste ihn ständig ermahnen: „Denk an deine Prüfung, da musst du beide Hände ans Lenkrad nehmen!"

Er erwiderte immer nur: „Ja, ja."

Am Prüfungstag hatten wir Glück mit einem humorvollen Prüfer und es kam als Grundaufgabe „Einparken längs" dran.

Herr Fritzsche natürlich ganz cool: linke Hand ans Lenkrad, rechte Hand hinter meiner Rückenlehne und auch noch so, dass er das Knie vom Prüfer berührte.

Daraufhin der Prüfer ganz trocken: „Herr Fritzsche, wenn Sie was von mir wollen, muss ich Sie leider enttäuschen. Ich bin seit 30 Jahren glücklich verheiratet, habe ein Haus und zwei Kinder."

Mein Prüfling lief puderrot an, hielt das Lenkrad mit beiden Händen fest umklammert und beobachtete den Prüfer laufend in seinem Rückspiegel.

Das bemerkte der Prüfer natürlich und saß schmunzeln auf der Rückbank.

Herr Fritzsche bekam trotz seiner plumpen Annäherungsversuche seinen heiß begehrten Führerschein und entschuldigte sich noch beim Prüfer.

Ein Versuch war´s wert!

Die Mutter der Fahrschülerin

Meine nächste Fahrschülerin hieß Frau Gräfe, war 1,90 Meter groß (also fast wie ich) und zudem noch sehr attraktiv. Mit dem Autofahren klappte es eigentlich ganz gut, bis auf die Vorfahrt (vor allem rechts vor links). Da sie ab und zu mal die Straße von rechts übersah, übten wir dies natürlich sehr intensiv, bis es klappte.

Am Prüfungstag erschien Frau Gräfe im schwarzen Minirock, worin ihre langen Beine natürlich super zur Geltung kamen. Ich musste auch erst mal schlucken …

Dem Prüfer klappte die Kinnlade runter, als er meine Fahrschülerin erblickte und kratzte sich nachdenklich am Kopf. Frau Gräfe war das sichtlich unangenehm.

Als der Prüfer die Unterlagen durchlas, stutzte er bei ihrem Namen. Ich wunderte mich, dass er heute so neugierig war und sogar nach ehemaligen Adressen fragte. Irgendwie komisch, dachte ich mir.

„Wissen Sie eigentlich, dass Ihre Mutter vor vielen Jahren mal meine Freundin war?“, sagte der Prüfer.

Frau Gräfe rutschte unruhig auf ihrem Sitz hin und her. „Äh nein, dass wusste ich nicht“, antwortete sie unsicher.

„Das waren noch Zeiten!“, träumte er.

„Oh Gott“, dachte ich bloß. „Hoffentlich holt er jetzt nicht die alten Kamellen raus.“

Nachdem er ein bisschen erzählt hatte, meinte ich, wir sollten jetzt mal losfahren. Gesagt, getan.

Der Prüfer hatte natürlich nur Augen für meinen Prüfling. „Sie sind ja genauso hübsch wie Ihre Mutter, ganz die Frau Mama …" So ging das in einer Tour.

Der Rock von Frau Gräfe war mittlerweile schon eine Etage höher gerutscht, was dem Prüfer natürlich sehr gefiel. Er rutschte noch ein Stück vor, um ihre langen Beine zu betrachten. Niemand achtete mehr auf den Verkehr (den Straßenverkehr meine ich).

Die erste Straße rechts vor links haben beide nicht gesehen. Die zweite hat auch keiner von beiden bemerkt.

„Das kann ja heiter werden", dachte ich mir. Wenigstens ich habe aufgepasst. Am Ende hatte sie ihre Prüfung dank des Tunnelblicks vom Prüfer bestanden. Ich wäre ja als Fahrlehrer schön doof, wenn ich was sagen würde und sie fiele durch die Prüfung. Es sind ja letztlich alles unsere Kunden und vielleicht hat sie noch Geschwister, die ihren Führerschein bei mir machen wollen.

Schwein gehabt!

Die Brustvergrößerung

Frau Anders war – wie der Name schon sagt – irgendwie anders. Sie arbeitete in einer „Schönheitsfarm“, wo man viele Sachen verlängern oder auch vergrößern kann. Ich meine natürlich Haare, Fingernägel etc. Sie kam immer von Kopf bis Fuß top gestylt zur Fahrstunde – eben eine richtige Modepuppe. Vor allem ihre Fingernägel waren kunstvoll manikürt, endlos verlängert (bitte nur mit Waffenschein) und bunt bemalt.

Leider hat sie drei Stück von diesen aufgeklebten Dingern während der Ausbildung eingebüßt. Beim Schalten rutschte sie manchmal ab, und schon klemmte der Nagel im Spalt vom Autoradio. Sie war dann immer den Tränen nahe, und es wurde gejammert, was das Zeug hielt. Doch zur nächsten Fahrstunde waren immer alle Nägel wieder an ihrem Platz mit extra viel Kleister positioniert.

Eines Tages standen wir an einer Ampel hinter einem Transporter, der auf seiner Heckscheibe folgende Werbung hatte:

Brustvergrößerung durch Handauflegen
!!!Einmalig in Dresden!!!
Preis: nur 1€
14 Tage Garantie
Info beim Fahrer

Als ich Frau Anders von der Seite ansah, merkte ich, wie sich ihre grauen Zellen in Bewegung setzten (ganz im Gegensatz zur Fahrschulausbildung). An der nächsten und übernächsten Ampel war der Transporter immer noch vor uns und die grauen Zellen rotierten ohne Ende.

Irgendwann fand sie ihre Sprache wieder und fragte mich, wie das wohl funktioniere. Anscheinend hatte sie sich wirklich überlegt, das Angebot in Anspruch zu nehmen.

Ich klärte sie dann darüber auf, dass das nur Spaß wäre. Darüber war sie sichtlich enttäuscht.

Was soll man dazu noch sagen!?

Das gestohlene Lenkrad

Wie bereits in meinem ersten Buch beschrieben, kommen ab und zu auch rüstige Rentnerinnen in die Fahrschule, um das Autofahren zu erlernen oder um eine Auffrischungsstunde zu nehmen. Der traurige Grund ist meistens, dass der Ehegatte verstorben ist und das Gartengrundstück nur mit Auto erreichbar ist. Oft ist die Rollenverteilung eher klassisch: der Mann hinterm Steuer und die Frau hinterm Herd.

Genauso war es bei meiner nächsten Fahrschülerin Frau Lommatzsch. Zu DDR-Zeiten ist sie jahrelang Trabbi gefahren – bis die Wende kam.

Der Herr Gemahl meinte damals, es müsse jetzt unbedingt ein Westwagen ran. Und mit dem guten Stück durfte sie nicht fahren, sondern nur auf dem Beifahrersitz Platz nehmen. Da gab es auch keine Diskussionen. Jedenfalls saß Frau Lommatzsch seit diesem Tag nicht mehr am Steuer.

Nun stand sie also in der Fahrschule und wollte einige Auffrischungsstunden nehmen. 20 Jahre nicht Auto gefahren – da ist man selbstverständlich etwas aus der Übung. Doch nach einigen Übungsstunden war sie wieder gut in Schwung, denn es ist ja wie beim Schwimmen: Was man einmal gelernt hat, verlernt man nie.

In ihrer vorletzten Fahrstunde gab ich ihr den Autoschlüssel und sie setzte sich ins Auto, doch der Schreck war groß! Das Lenkrad war gestohlen!

Gaspedal, Kupplungspedal und Bremspedal waren jedoch vorhanden. Man konnte sogar durch die Frontscheibe schauen, aber ihre Hände griffen ins Leere.

Was war passiert?!

Ganz einfach: Frau Lommatzsch saß auf dem Beifahrersitz! Die jahrelange Gewohnheit tat ihr Übriges.

Daraufhin Frau Lommatzsch ganz aufgeregt: „Oh Gott, dass müssen Sie mir versprechen, Herr Hoffmann. Zu niemandem ein Wort! Die denken doch, ich hab einen Treffer weg!"

Ich habe ihr natürlich versprochen, zu niemandem ein Sterbenswörtchen zu sagen. Na gut, bis heute … in diesem Buch!

Der mysteriöse Unfall

Der Unfall der keiner war, oder doch? Dies ist meine nächste Geschichte.

Ich fahre mit meinen Fahrschülern schon seit etlichen Jahren gern nach Bannewitz (in der Nähe von Dresden), da dies eine beliebte Prüfungsstrecke ist. Damals hatte ich noch einen Golf III, mit unlackierter schwarzer Stoßstange. Gott sei Dank war sie nicht lackiert, wie sich später herausstellte.

Jedenfalls fuhren wir da so die Straße entlang und ich sah schon von weitem das beliebteste Schild. Nämlich das Stoppschild, wo eigentlich schon drauf steht, was zu tun ist. Nämlich anhalten bis die Räder ruhen. Theoretisch gar nicht so schwer. In der Praxis manchmal schon …

Mein Fahrschüler fuhr an die Kreuzung heran und hielt an der Haltelinie. Auf einmal gab es von hinten einen Schlag und wir standen zwei Meter weiter vorn.

Ich dachte mir nur: „Das darf nicht wahr sein!"

Da ist uns doch eine Frau hinten in die Karre gefahren. „Super!", dachte ich mir.

Die Dame war ganz aufgeregt. Rannte um unser Auto herum und wedelte hektisch mit ihren Armen. „Oh Gott, oh Gott! Wenn das mein Mann erfährt … Ich fahre fast jeden Tag diese Straße entlang, und niemand hält hier an!"

Ich beruhigte sie erstmal und erklärte ihr, dass sie sich dennoch an die Verkehrsregeln halten muss. Ich schaute mir daraufhin den Schaden an und war überrascht, denn es war nichts zu sehen. Dank der unlackierten Stoßstange, war nicht mal der winzigste Kratzer zu sehen.

„Da hab ich ja noch mal Glück gehabt, dass nichts passiert ist!", freute sich die Frau, verabschiedete sich von uns und fuhr weiter.

In der ganzen Aufregung hatte sie aber vergessen, ihr eigenes Auto mal anzuschauen. Denn das war nicht so glimpflich davongekommen. Sämtliche Lampen waren kaputt und das Glas über die Straße verteilt.

Ich hätte gern ihren Mann abends sehen wollen, als er seinen Liebling (ich meine sein Auto) mit den kaputten Lampen gesehen hat. Da war die Freude bestimmt groß.

Meinem Chef habe ich diesen „Unfall" übrigens bis heute noch nicht erzählt. Er wird es zum ersten Mal lesen, aber es gibt ja auch Verjährungsfristen!

Schwein gehabt!

Die Jagdwurst

Wer hält sich heute eigentlich schon an die Geschwindigkeitsbegrenzungen? Keiner! Richtig! Außer die Fahrschule. Deshalb sind wir für viele Autofahrer auch ein Verkehrshindernis, da wir bei „30" – 30 km/h fahren und bei „50" – 50 km/h fahren. Natürlich plus minus einer kleinen Differenz.

In der Ausbildung müssen die Fahrschüler ja bekanntlich auf viele Dinge achten und vergessen dann gern mal den Blick aufs Tacho. Einige fahren glattweg zu schnell und ich muss dann laufend ermahnen: „Schau doch mal aufs Tacho! Du bist viel zu schnell!" Und man redet und redet und redet. Bei manchen fruchtet es einfach nicht. „Aber die anderen fahren doch auch schneller!", bekomme ich öfters zu hören. Ich erkläre ihnen dann, dass die aber auch den Führerschein haben und du eben noch nicht. Doch wenn es mir manchmal zu bunt wird, frage ich meine Fahrschüler, ob es zum Frühstück Jagdwurst gab. Die meisten lachen sich kaputt und fragen warum. Ich antworte darauf immer: „Na, weil du heute wieder so schnell fährst!"

Mit Witz und Humor geht es ja bekanntlich im Leben leichter. Wenn ich immer nur sagen würde: „Die nächste bitte rechts abbiegen. Dann wieder links, …" Macht doch die ganze Ausbildung keinen Spaß, oder?

Ein bisschen Spaß muss schon sein!

Der gutverdienende Bademeister

Herr Esser machte bei mir vor etlichen Jahren den Führerschein und war von Beruf Bademeister. Er war ein cooler und lässiger Typ, weshalb wir gleich auf einer Wellenlänge waren. Nun weiß ich wirklich nicht, was ein Bademeister verdient, aber als Frau kann man sich glücklich schätzen, ihn als Freund zu haben. Denn er hat für alle seine vier Freundinnen (die er natürlich nicht gleichzeitig hatte) den Führerschein komplett bezahlt. Aber nun der Reihe nach!

Seine erste Freundin war von Beruf Zahnarzthelferin und kam auf Empfehlung ihres Freundes namens Herr Esser. Sie meinte freudestrahlend zu mir: „Über die Bezahlung des Führerscheins brauche ich mir keine Gedanken machen. Das übernimmt alles mein Freund!"

„Noble Geste", dachte ich mir so.

Nach einiger Zeit kam die nächste Freundin (die erste hatte er schon wieder abgelegt). Sie war von Beruf Gärtnerin und auch ein hübsches Ding. Alle hatten lange blonde Haare, einen großen Busen und lange Beine. Das schien sein Beuteschema zu sein.

Auch sie erzählte mir freudestrahlend, dass ihr Freund den Führerschein komplett bezahlen würde. Auch diese Beziehung hielt nicht lange an, denn nach kurzer Zeit kam die nächste gutaussehende Blondine auf Empfehlung von Herrn Esser zu mir. Sie hatte noch keinen Beruf und dementsprechend auch kein eigenes Geld. Deshalb bezahlte auch hier den Führerschein der liebe Freund.

Einige Monate später hatte ich wieder eine neue Fahrschülerin. Als ich von ihr den Namen Esser hörte, musste ich schon innerlich schmunzeln. Da war ja die Finanzierung wiedermal gesichert. Auch sie passte hervorragend ins Beuteschema meines ehemaligen Fahrschülers: sehr hübsch, lange blonde Haare, … diese war von Beruf Köchin – was man ihr gar nicht ansah.

Nach Freundin Nummer 4 kam leider keine Nummer 5 zur Ausbildung. Also scheint Nummer 4 die Richtige gewesen zu sein. Es stimmt mich zwar heute immer noch etwas traurig, aber naja …

Es hätte bis zur Rente ruhig so weiter gehen können. Danach habe ich mich immer wieder gefragt, ob ich nicht den falschen Beruf gelernt habe.

Vielleicht wäre Bademeister besser gewesen!?

Die arme Oma

Mein nächster Fahrschüler hieß Herr Brunner, war gerade 18 geworden und von der ganz ausgepufften Sorte. Bei den meisten jungen Leuten ist es ja so, dass der Führerschein von den Eltern oder (siehe vorherige Geschichte) vom Freund oder der Freundin finanziert wird.

In diesem Fall war es die Oma, die von ihrer schmalen Rente den Führerschein ihres Enkels bezahlte.

Bis zur dritten Fahrstunde erschien Herr Brunner auch noch regelmäßig zur praktischen Fahrausbildung, aber dann kam er plötzlich gar nicht mehr. Daraufhin habe ich ihn mal angerufen, mich nach seinem Befinden erkundigt und nachgefragt, wie er sich denn die weitere Ausbildung so vorstellt. Es kamen nur Ausflüchte und Ausreden. Daraufhin habe ich mir gedacht: „Gut, dann lässt'e die Sachen mal ruhen. Der wird sich schon wieder melden."

Nach langer Zeit tauchte die Oma in der Fahrschule auf und wollte wissen, ob ihr Enkel denn nun endlich den Führerschein hätte. Daraufhin haben wir seine Oma erst mal aufgeklärt, dass ihr lieber Enkel drei Mal zur Fahrstunde erschienen ist und dann nie wieder hier gesehen wurde.

Die alte Dame wurde stinksauer und wetterte: „Das kann doch nicht sein! Er kommt jede Woche bei mir vorbei und holt sich das Geld für die Fahrstunden ab! Dass er mich so hintergeht, hätte ich niemals von ihm gedacht! Der kann was erleben, wenn er nach Hause kommt!“ Wutentbrannt stürmte sie aus der Fahrschule. Über so viel Dreistigkeit waren selbst wir baff.

Wie die Geschichte ausging, kann ich leider nicht berichten. Denn Herr Brunner und seine Oma wurden in der Fahrschule nie wieder gesehen.

Manchmal kommt eben doch alles raus!

Ich war´s nicht!

Der Spruch „Ich war´s nicht!“ ist ja im Leben immer eine gute Ausrede. Nicht wahr? So auch in meiner nächsten Geschichte. Der Fahrschüler hieß Herr Pfeifffer (richtig! mit drei f) und war eigentlich nicht auf den Kopf gefallen.

Die Fahrausbildung verlief auch ganz normal, bis der liebe Herr Pfeifffer das Gaspedal mit der Bremse verwechselte. Als Fahrlehrer kann man ja immer eingreifen, aber wenn der Fahrschüler statt auf das Gaspedal voll auf die Bremse steigt, dann ist man natürlich vollkommen machtlos. Ich hätte vielleicht noch versuchen können, an seiner Hose zu ziehen, doch selbst dazu war keine Zeit mehr. Jedenfalls vertauschte Herr Pfeifffer in einer Linkskurve das Gaspedal mit der Bremse und wir legten eine filmreife Vollbremsung hin. Ich konnte noch schnell in den Rückspiegel gucken, doch da war es schon zu spät. Es gab einen lauten Knall und wir wurden ein Stück nach vorn geschoben.

Eine Frau von der besonders giftigen Sorte (hab ich es gut zu Hause …) entstieg ihrem Wagen und kam wetternd auf uns zu. Wir stiegen ebenfalls aus und kamen überhaupt nicht zu Wort. Irgendwann wurde es mir zu bunt und ich bat sie, mir vorzulesen, was denn hinten auf dem Fahrschulauto stand. Richtig! FAHR-

SCHULE! Ich hatte schon vorher bemerkt, dass sie viel zu dicht auffuhr. Das hab ich ihr dann auch versucht ruhig zu erläutern. Vergeblich!

Dann wollte sie uns weißmachen: „Das mit ihrer Stoßstange, dass war ich nicht! Die war vorher schon kaputt!“ Mein Fahrschüler und ich schauten uns sprachlos an.

„Wenn Sie es nicht gewesen sind, dann können Sie ja weiterfahren!“, meinte ich zu ihr.

„Ha, ich bin doch nicht blöd! Das wäre ja Fahrerflucht!“, gab sie pampig zurück.

Nach einigem Hin und Her hab ich dann die Polizei gerufen, und die kamen gar nicht erst dazu, aus ihrem Wagen auszusteigen. Sie wurden sofort von der „Tarantel“ in Beschlag genommen.

Sie rief hysterisch: „Ich war´s nicht, das waren die dort!“ Und zeigte auf uns.

Daraufhin gingen die Polizisten mit ihr zum Fahrschulauto und fragten sie: „Können Sie lesen? Was steht da?“ Plötzlich sagte sie nichts mehr.

Mit diesem Schild hat man ja immer gute Karten, doch man sollte es nicht vergessen anzubringen!

15 Sekunden Prüfungszeit

Mein nächster Fahrschüler hieß Herr Frohberg und war künstlerisch sehr begabt. Er spielte Gitarre und interessierte sich für Fotographie. Heute ist er ein sehr bekannter Fotograph in Dresden. Ganz im Gegenteil zu seiner Familie, einer Dresdner Ärzte-Dynastie.

Jetzt wird sich sicherlich jeder fragen, wie man in der praktischen Prüfung nach 15 Sekunden schon durchfallen kann. Es war die kürzeste Prüfungszeit, die ich je erlebt habe, denn wir hatten noch nicht einmal das Gelände der Prüfungsorganisation verlassen.

Wir standen in einer Querparklücke und warteten auf den Prüfer. Rechts und links von uns standen jeweils PKWs.

Da wir noch ein bisschen Zeit hatten, bin ich schnell nochmal für kleine Jungs gegangen. Was im Nachhinein keine gute Idee war, denn man sollte seinen Schützling in so einer schweren Stunde niemals allein lassen.

Als ich wieder zum Fahrschulauto kam, saß der Prüfer schon hinten drin und die Prüfungsformalitäten sowie die Finanzen wurden geregelt.

Dass mein Schüler während meiner Abwesenheit die Räder Anschlag nach rechts gedreht hatte, war mir natürlich entgangen.

„So Herr Frohberg, dann legen wir mal los!“, sprach

der Prüfer und zählte hinten auf der Rückbank noch die Prüfungsgebühr nach.

Herr Frohberg startete den Motor, legte den Gang ein, ließ die Kupplung kommen und gab Gas.

Plötzlich schoss der Wagen nach rechts, und ich hatte alle Mühe das Auto zum Stehen zu bringen. Dem Prüfer waren mittlerweile die Geldscheine aus der Hand gerutscht und lagen im Fußraum verteilt. Er klammerte sich am Griff fest und war ganz weiß im Gesicht geworden. „Was war das denn?“, fragte er ganz geschockt.

Herrn Frohberg zitterten die Hände und er stotterte nur noch.

Leider war die Prüfung an dieser Stelle schon beendet. Nach 14 Tagen wurde sie übrigens erfolgreich wiederholt. Und diesmal bin ich vorher im Auto sitzen geblieben.

Sicher ist sicher!

Total überschätzt

In dieser Geschichte geht es ausnahmsweise mal nicht ums Auto-, sondern ums Fahrradfahren. Als ich mit meiner Fahrschülerin namens Frau Hofmann eine Überlandfahrt durch das schöne Müglitztal machte und ich ihr die Gegend erklärte, fing sie plötzlich an zu lachen. Ich schaute sie ganz irritiert an und fragte, worüber sie denn lache. Denn weit und breit war niemand zu sehen. Da meinte sie zu mir: „Wissen Sie Herr Hoffmann, besonders zu dem kleinen Fluss Müglitz hab ich ein besonderes Verhältnis."
Erstaunt fragte ich: „So?", und sie erzählte mir folgende Geschichte:

Ihre Eltern hätten in Altenberg ein Wochenendgrundstück, auf dem sich die ganze Familie im Sommer regelmäßig aufhalten würde. Deshalb kenne sie die ganze Gegend rings um das Müglitztal in- und auswendig. Als ihre Eltern das Grundstück erwarben (da war sie 15 Jahre alt), dachte sie sich: „Ach, heute erkunde ich mit dem Rad mal die Gegend. Vielleicht entdecke ich ja einen See oder lerne neue Leute kennen." Das Fahrrad hatte sie von ihren Eltern geschenkt bekommen und war übrigens ihr erstes. In der Stadt fuhr sie ja immer mit Bahn und Bus und hatte dadurch nicht gerade viel Bewegung. So schwang sie sich also bei 38 Grad in der größten Mittagshitze auf ihren Drahtesel und fuhr los. Sie hatte weder was zu Essen noch was zu Trinken dabei (Das könnte mir niemals passieren! Ich hab immer einen Fresskorb dabei!). Nach einigen Kilometern fiel ihr das Treten in die Pedale immer schwerer, der Schweiß rann ihr von der Stirn, die Zunge klebte am Gaumen und ihr Magen knurrte. Doch sie wusste, dass sie noch eine ordentliche Strecke vor sich hatte, bis sie wieder daheim war. Irgendwann hielt sie es nicht mehr aus und lehnte ihr Fahrrad an einen schattenspendenden Baum und setzte sich darunter. In ihrer großen Not trank sie die Müglitz halb leer und schleppte sich anschließend wieder zu ihrem Fahrrad. Der Weg nach Hause führte Gott sei Dank immer an dem kleinen Fluss entlang, sodass sie immer frisches Wasser zur Verfügung hatte. Völlig entkräftet und mit schweißnassen Haaren kam sie endlich nach Stunden auf dem elterlichen Wochenendgrundstück an. Ihre Eltern hatten sich schon gewundert, wo sie abgeblieben war. Nach einer kalten Dusche und einer ordentlichen Mahlzeit, schlief sie anschließend fast 12 Stunden durch und ihre Eltern hatten das restliche Wochenende damit zu tun, ihr Töchterchen wieder aufzupäppeln.

Das Fahrrad stand seitdem vollkommen verstaubt im Schuppen und wurde nie wieder angerührt.

Stau während der praktischen Prüfung

Im theoretischen Unterricht spreche ich auch über den Ablauf der praktischen Prüfung und frage meine Schüler dann, ob sie sich denn über einen Stau in der praktischen Prüfung freuen würden. Die Antwort können Sie sich bestimmt schon denken. Alle rufen dann im Chor: „Ja, ja!“ Doch so leicht ist es in der Praxis dann doch nicht. Denn des einen Freud, ist ja bekanntlich des anderen Leid.

Vor einigen Jahren stand die praktische Prüfung von Herrn Bähr an, und ich machte mir bei ihm keine Sorgen, dass er durchfiel. Denn er war ein sicherer und umsichtiger Fahrer. Die Prüfung begann auch sehr gut und er absolvierte das Einparken längs mit Bravour. Nach 20 Minuten gerieten wir in einen Stau und nichts ging mehr – weder vorwärts noch rückwärts. Der Grund war ein Unfall auf der Bundesstraße 170. Ein Großaufgebot an Krankenwagen, Polizei und Feuerwehr war bereits vor Ort.

In diesem Augenblick stieß mein Fahrschüler einen tiefen Seufzer aus und murmelte: „Ach schön, da brauch ich ja jetzt nicht mehr fahren.“

Ich schaute meinen Prüfling ganz entsetzt an, denn so etwas darf man natürlich nicht in Gegenwart des Prüfers sagen. Als ich in den Rückspiegel zum Prüfer schaute, sah ich schon sein säuerliches und finsteres

Gesicht. Ich kann ihn da gut verstehen, denn sie haben ja ihre zeitlichen Ablaufpläne – die nächste Prüfung stand an.

Im Auto herrschte ab da Totenstille. Nach einer ganzen Weile wurden wir dann am Unfallort vorbeigeschleust und kamen mit 15minütiger Verspätung bei der Prüfungsorganisation an.

Herr Bähr hatte die Prüfung natürlich bestanden, aber die Gratulation seitens des Prüfers fiel sehr frostig aus. Als der Prüfer dann davongeeilt war, nahm ich mir Herrn Bähr nochmal zur Brust und erklärte ihm, dass er sich gern freuen kann, aber bitte nur innerlich.

Seit diesem Vorfall, übermittle ich dies meinen Fahrschülern schon im Theorieunterricht!

Die Verkehrskontrolle

Zur praktischen Ausbildung gehören bekanntlich auch vier Unterrichtsstunden Autobahnfahrten. Das heißt, der Fahrschüler muss das Auf- und Abfahren beherrschen und das Fahrzeug auch bei hoher Geschwindigkeit unter Kontrolle haben. Man kann in der Ausbildung so viel üben wie man will, es können trotzdem in der Prüfung Situationen eintreten, an die man vorher nicht denkt.

So geschehen bei Frau Lässig zur praktischen Prüfung. Wir fuhren in Dresden Prohlis auf die Autobahn in Richtung Görlitz/Chemnitz auf, um die nächste Abfahrt Dresden Südvorstadt wieder abzufahren. Beim Auffahren auf die Autobahn waren plötzlich Schilder zu sehen:

VERKEHRSKONTROLLE!

130 km/h … 100 km/h … 80 km/h … 60 km/h … 40 km/h. Die Geschwindigkeit wurde immer weiter gedrosselt auf den Schildern. Frau Lässig hatte diese Schilder in der ganzen Aufregung nur leider nicht gesehen und wollte mit Richtgeschwindigkeit von 130 km/h weiterfahren. Von weitem sah ich schon auf dem Parkplatz Nöthnitzgrund den Polizisten mit seiner Kelle stehen (ich habe übrigens auch eine zu Hause – vom Flohmarkt). Da hab ich dann doch mal bremsen müssen, denn der Beamte hätte gar nicht so

schnell „gucken" können, wie wir da vorbeigepfiffen wären. Im Ernstfall wäre ich zur Verantwortung gezogen worden, da ich der Fahrzeugführer bin. So leichtfertig kann ich meine Fahrlehrerlizenz natürlich nicht aufs Spiel setzen.

14 Tage später waren die Tränen wegen der nichtbestandenen Prüfung wieder getrocknet und es stand die erneute Prüfung an. Und diesmal war keine Verkehrskontrolle auf der Autobahn. Alles lief rund und Frau Lässig erhielt ihren Führerschein!

Drogen

Viele werden sich jetzt denken: „Drogen! Jetzt kommt es wirklich ganz dicke!“ Doch die Geschichte geht anders aus …

Im theoretischen Unterricht speziell in Nummer 1 geht es um Alkohol, Drogen und das Autofahren mit diesen Substanzen (ist übrigens mein Lieblingsthema). Dass diese beiden Begriffe mit dem Autofahren nicht zusammenpassen, ist ja allen bestens bekannt.

Ganz am Anfang des Unterrichts frage ich gern mal in die Runde: „Na, wer hat denn schon mal ein Gläschen Alkohol getrunken?“

Die meisten antworten dann: „Naja, so ein Bier am Abend oder ein Glas Wein.“

Dann frage ich weiter: „Und wer hat denn schon mal Drogen ausprobiert?“

Viele schauen betreten zu Boden, einige bekommen einen roten Kopf und andere versuchen, mir fest in die Augen zu schauen. Die Antwort ist immer die gleiche: nämlich gar keine!

Ab und zu fahre ich mit meinen Fahrschülern nach Dresden-Heidenau, denn dort gibt es eine Gaststätte mit einem ganz bestimmten Namen. Auf dem Weg dahin, erzähle ich ihnen immer: „Da vorn kommt gleich ein Laden, da kann man alle möglichen Drogen kaufen. Von Haschisch, über LSD, bis zu Heroin

– die ganze Palette." Meistens ist dann erst mal Ruhe im Auto, und man merkt wie es in den Köpfen rattert und die grauen Zellen in Bewegung geraten.

Als wir dann an der Gaststätte vorbeifahren und meine Fahrschüler das Schild lesen, lachen die meisten und sagen: „Mensch, der Hoffi wieder!" Denn sie heißt: DROGENMÜHLE.

Der Name stammt aus Zeiten, da mit Drogen noch keine illegalen Suchtmittel gemeint waren, sondern ganz harmlose Drogerieerzeugnisse.

Die kaputte Hand

Herr Meyer hatte praktische Führerscheinprüfung und Treffpunkt war der Hof der Prüfungsorganisation. Das Fahrschulauto und ich waren schon da – Fahrschüler und Prüfer fehlten noch. Aber es war ja auch noch ein bisschen Zeit.

Kurz vor Prüfungsbeginn kam Herr Meyer mit schmerzverzerrtem Gesicht auf den Hof geschlichen. Er stützte seine bandagierte Hand und schien große Schmerzen zu haben. Alles war dick verbunden und nur die Fingerspitzen waren zu sehen.

„Mensch Herr Meyer, was haben Sie denn gemacht?“, fragte ich ihn ganz besorgt.

„Ach hören Sie auf. Ich hab gestern die Kurve zu schnell genommen und bin mit meinem Fahrrad im Graben gelandet. Der Arzt meinte, ich habe eine schlimme Verstauchung und muss mein Handgelenk ruhig stellen.“

Daraufhin ich ganz erschrocken: „Aber so können Sie keine Prüfung fahren! Der Prüfer lässt Sie keinen Meter fahren mit der bandagierten Hand!“

Herr Meyer war schon am jammern, dass er unbedingt heute die Prüfung machen wollte.

„Es gibt nur eine Möglichkeit! Der Verband muss ab!“ Nach kurzer Diskussion machte ich mich fachmännisch ans Werk. Als ich den Verband entfernt hatte, musste ich ganz schön schlucken. Herrn Meyers Hand schillerte wie ein Regenbogen in allen möglichen Farben. Schnell haben wir die Bandage und den Verband im Kofferraum verstaut, als schon der Prüfer um die Ecke bog. Dieser streckte natürlich Herrn Meyer zur Begrüßung die Hand entgegen, doch Herr Meyer tat einfach so, als hätte er sie nicht gesehen. Das kam beim Prüfer natürlich gar nicht gut an. Nichtsdestotrotz ging die Prüfung los und natürlich unter sehr großen Schmerzen. Herr Meyer saß mit verkniffenem Gesicht hinterm Steuer und sagte kein Wort. Er war auch ein bisschen blass um die Nase, doch er meisterte die Strecke wie ein erfahrener Autofahrer. Er bekam natürlich den Führerschein und als der Prüfer fort war, habe ich meinen Prüfling fachmännisch wieder verarztet. Es ist zwar etwas schief geworden, aber den Zweck hat es erfüllt.

Richtig freuen konnte sich Herr Meyer auf Grund der Schmerzen verständlicherweise nicht. Er trabte mit schmerzender Hand und dem hart erkämpften Führerschein vom Hof.

Mit dem gleichen Prüfer hatte ich vier Wochen später die nächste Prüfung. Da habe ich ihm dann alles erzählt, und er wusste nicht so recht, ob er lachen sollte.

Das war mal eine schmerzhafte Prüfung!

Die Engstelle

Viele Fahrschüler können enge Straßen in Wohngebieten gar nicht leiden. Warum? Weil meistens rechts und links Autos parken UND dann noch eines entgegen kommt. Da kommt immer große Freude bei meinen Fahrschülern auf.

Wenn es wieder einmal sehr eng wird, lenken alle ohne Ausnahme zum Fahrlehrer. Was rechts ist und mit mir passiert, interessiert keinen. Hauptsache, ich komme da irgendwie durch.

Ich glaube, das hat was mit dem Selbsterhaltungstrieb zu tun. Dann sage ich immer: „Bleib schön drüben! Fahr mehr links! Da trifft es mich nicht!"

Einer sagte mal zu mir: „Na schönen Dank auch!"

Dabei ist alles so einfach … Und wenn es gar nicht geht, hält man einfach an, denn mehr als halten kann man nicht.

Ich hatte mal eine Fahrschülerin, die war besonders ängstlich. Sobald wir auf der Landstraße unterwegs waren und ein LKW oder Bus kam uns entgegen, begann sie schon zu schwitzen. „Ich kann da gar nicht hinschauen, Herr Hoffmann! Ich habe einen Mann zu Hause! Am besten ich schließe einfach die Augen!"

Ich darauf zu ihr: „Schön drüben bleiben! Ich habe eine Frau und zwei Kinder zu Hause! Wer soll denn sonst daheim die Glühbirnen und Reifen wechseln?"

Aber nach ein paar Übungsstunden haben die meisten den Dreh raus.

Wie gesagt – alles gar nicht so schwer!

Der Kreisverkehr

Ein Kreisverkehr ist ja an sich eine feine Sache, aber man kann auch dort eine Menge falsch machen. Zum Beispiel: Wann muss ich blinken? Wo muss ich die Fußgänger beachten? Wo geht es wieder raus?

In der Ausbildung und auch in der praktischen Prüfung gilt immer: Wenn nichts gesagt wird, fährt man immer die gegenüberliegende Ausfahrt raus. Abbiegen rechts wäre rein in den Kreisverkehr und die erste Ausfahrt gleich wieder raus. Abbiegen links wäre dann die Dritte Ausfahrt, also im Kreisverkehr Dreiviertel rum und dann raus.

Eigentlich eine einfache Sache könnte man denken. Aber zur praktischen Prüfung ist ja bekanntlich alles anders, wegen der großen Aufregung.

So auch geschehen bei Frau Stenzel zur praktischen Prüfung. Wir fuhren geradewegs auf den Kreisverkehr zu und der Prüfer schwieg wie ein Grab, also sollte es die gegenüberliegende Ausfahrt wieder rausgehen. Aber Frau Stenzel fand die Ausfahrt nicht und wir fuhren eine Runde nach der anderen im Kreisverkehr.

„Na, was wird denn nun?“, knurrte der Prüfer irgendwann entnervt von der Rückbank.

Daraufhin fand Frau Stenzel eine Ausfahrt, zwar die falsche, aber immerhin waren wir wieder draußen.

„Mir ist schon ganz schwindlig im Kopf. Ich bin

heilfroh, dass sie sich noch für eine Ausfahrt entscheiden konnten", bemerkte der Prüfer.

Der Rest der Prüfung verlief sehr gut und Frau Stenzel bekam ihren Führerschein, denn deswegen fällt man natürlich nicht durch die Prüfung.

Wie gesagt – die Aufregung war groß!

Wieder mal das Stopp-Schild

Allein schon über dieses Verkehrsschild könnte man ein extra Buch schreiben. Dabei ist doch alles so einfach …

Man kann gestandene Autofahrer oder auch Fahrschüler fragen: Wo wird gehalten? Und fast immer kommt die gleiche Antwort: Na am Stoppschild! Dabei lehrt der Fahrlehrer im theoretischen Unterricht, dass man am Stopp-Schild nie anhält, sondern an der Haltelinie. Und wenn keine vorhanden ist, dann an der Sichtlinie. Dann gibt es auch noch Fahrschüler, die fragen, wo die Sichtlinie ist. Ich erkläre dann immer, dass man diese nicht sehen kann, sondern dies nur eine gedachte Linie ist. Es ist ja eigentlich auch das einzige Verkehrsschild, wo genau zu lesen ist, wie man sich dort verhalten muss. Entweder an der Haltelinie oder an der Sichtlinie so halten, bis alle Räder ruhen. Doch fast immer kommt der Satz an den Fahrlehrer: „Wir haben das Schild nicht gesehen!“

Ich darauf immer zum Fahrschüler: „Was heißt hier wir? Ich habe das Schild schon gesehen und nur gewartet, ob du dich auch richtig verhältst.“ Es ist ja bekanntlich auch immer leichter, die Fehler auf zwei Leute zu verteilen. Zur praktischen Führerscheinprüfung wird gern mal eine Stelle angefahren, wo sich dieses beliebte Schild befindet, und ab und zu geht es dann doch in die Hose!

Die Frauenparklücke

Wer jetzt denkt: „Ach, nun hackt der Hoffi schon wieder auf den Frauen rum, dass die nicht einparken können!“, der hat sich gründlich geirrt! Denn da gibt es bereits Bücher von anderen Autoren, welche über Frauen und Einparken herziehen.

Frau Münsch war bereits im mittleren Alter und von der ganz netten Sorte. Am Prüfungstag wurden wieder zwei Grundfahraufgaben gefahren. Unter anderem das Einparken längs zur Fahrtrichtung. Dies zählte nicht unbedingt zu Frau Münschs Stärken in der Ausbildung.

In der Prüfungsrichtlinie steht drin, dass die Parklücke ungefähr acht Meter groß sein muss. Das heißt, man kann noch korrigieren, wenn es beim ersten Anlauf nicht klappt. Das Einparken wird meist in einem Wohngebiet durchgeführt, weil es dort etwas ruhiger zugeht.

Der Prüfer war an diesem Tag besonders gut drauf und sagte zu Frau Münsch: „Suchen Sie sich mal ne Frauenparklücke aus und parken da bitte längs ein!“

Übrigens, wenn der Prüfer diese Geschichte liest, wird er sofort merken, dass es um ihn geht, mein lieber H. …!

Zurück zu Frau Münsch. Am rechten Fahrbahnrand befanden sich mehrere Parklücken. Was machte meine Frau Münsch? Sie sucht sich die größte von ca. 30 Metern aus und fährt vorwärts ganz langsam in die Parklücke rein, zieht die Handbremse an, nimmt den Gang raus, stellt den Motor ab und strahlt den Prüfer erwartungsvoll an.

Daraufhin kam eine leise Stimme von hinten an mein Ohr und fragte: „Habe ich eigentlich rückwärts gesagt?"

Und ich darauf zu ihm: „Nee, das haste nicht dazu gesagt!"

Der Prüfer zu Frau Münsch: „Die Frauenparklücke war in Ordnung! Wir können weiterfahren!"

Einmal mitdenken!

Die gesperrte Straße

Bei der praktischen Führerscheinprüfung ist es natürlich so, dass viele Verkehrszeichen vorkommen und diese auch beachtet werden müssen. Eigentlich vollkommen logisch, oder?

Wenn der Prüfer sagt: „Die Nächstmögliche nach rechts!", müssten beim Fahrschüler schon alle Alarmglocken angehen. Denn dann ist meistens die erste Straße gesperrt und es geht erst die zweite rechts rein. Einige fahren aber trotzdem die erste schon nach rechts (also in die gesperrte Straße) und fallen somit durch die Prüfung. Dann ist das Gejammer groß, weil es dann heißt: „Der Prüfer hat mir eine Falle gestellt!" Aber das ist so nicht richtig, denn es gibt eine Prüfungsrichtlinie, welche die Prüfer einhalten müssen.

Oder es wird auf eine Straße zugefahren, wo ein Verkehrsschild steht: „Einfahrt für PKW verboten." Dann müssen die Prüflinge die Richtung selbst wählen, oder den Prüfer fragen, ob rechts oder links. Einfach geradeaus fahren, das dürfen sie nicht.

So geschehen bei der Prüfungsfahrt mit Herrn Püschel. Wir fuhren auf eine Straße zu, welche mit einem Verkehrsschild versehen war: „Einfahrt für PKW verboten." Doch Herr Püschel übersah das Schild und fuhr in die Straße rein. Ich wollte gerade bremsen und schaute dabei nochmal in den Rückspiegel, aber der

Prüfer schüttelte mit dem Kopf. Also ließ ich ihn gewähren. Wir sind dann auf dem kürzesten Weg zurück zur Prüfstelle gefahren und auch in der Auswertung wusste der Püschel immer noch nicht, was er falsch gemacht hatte.

Nach der nichtbestandenen Prüfung bin ich dann mit ihm nochmals an die besagte Straße mit dem Schild gefahren und er sagte bloß kopfschüttelnd: „Man, da hatte ich ja wirklich Tomaten auf den Augen!“

Augen auf bei der Prüfung!

Die Wildsau

In der praktischen Fahrausbildung fahren wir auch ganz gern mal etwas außerhalb von Dresden. So auch geschehen vor vielen Jahren im tiefsten Winter in der Nähe der Babisnauer Pappel.
Der Fahrschüler hieß Herr Riedel und da es mit dem Autofahren ganz gut klappte, genoss ich die herrlich verschneite Winterlandschaft. Das muss ja schließlich auch mal sein.

In weiter Ferne sahen wir ein großes Wildschwein, was eigentlich ungewöhnlich war, denn Wildschweine leben ja eigentlich in großer Gemeinschaft. Daraufhin Herr Riedel zu mir: „Sehen Sie mal dort! Ein Wildschwein!"

Ich darauf ganz beruhigend zu ihm: „Das stört uns nicht! Fahren Sie in Ruhe weiter!"

Ich muss dazu sagen, dass wir damals mit einem orangefarbenen Golf unterwegs waren und uns sehr gut vom Schnee abgehoben haben.

Aber irgendwie konnte uns die Wildsau nicht leiden! Denn als sie uns entdeckte, kam sie mächtig in Fahrt und raste im Schweinegalopp auf uns zu.

Doch etwas beunruhigt sagte ich zu Herrn Riedel: „Wir halten doch mal lieber an!"

Jedenfalls kam die Wildsau kurz vor unserem Auto zum Stehen und pinkelte an die Autotür.

Herr Riedel hatte riesige Augen und fragte mich: „Haben Sie so was schon mal erlebt, Herr Hoffmann?"

Ich darauf zu ihm: „Nee, das ist meine erste Wildsau!" Als sich das Wildschwein an unserem Golf erleichtert hatte, kam sie wieder in Fahrt und raste von dannen. Vielleicht hatte sie irgendwo ein anderes Fahrschulauto entdeckt.

Richtig wohl war mir bei der Sache nicht!

Der Fußgängerschutzweg

Die nächste Geschichte handelt von einem sehr guten Verwandten, welcher im schönen Vogtland zu Hause ist. Er wurde sogar schon einmal in einer Heimatzeitung als schnellster Autofahrer Vogtlands erwähnt. Da er beruflich sehr viel mit dem PKW unterwegs war und viele Termine hatte, stand er ständig unter Zeitdruck.

Jedenfalls war er eines Tages in Plauen unterwegs und hatte wie immer keine Zeit. Er fuhr geradewegs auf einen Fußgängerschutzweg drauf zu, wo in dem Moment eine ältere Dame im Begriff war, diesen zu überqueren. Da er es, wie gesagt, sehr eilig hatte, fuhr er noch schnell an der Oma vorbei.

Auf einmal raste hinter ihm die Polizei mit Blaulicht und Sirene heran. Was macht man in solch einer Situation? Richtig! Man hält rechts an und lässt die Polizei vorbei. Doch die Polizei hielt ebenfalls an und zwar wegen ihm. Diese hatten nämlich alles gefilmt, wie er ohne anzuhalten an der Oma am Fußgängerschutzweg vorbeizog.

Dumm gelaufen! Es drohte Ungemach in Form von Bußgeld, Punkten in Flensburg und ein befristeter Führerscheinentzug.

Das gefiel ihm natürlich gar nicht, da er auf das Auto angewiesen war. Aber er dachte sich, wozu hast du eigentlich eine Verkehrsrechtsschutzversicherung.

Ich nehme mir einfach einen Anwalt und gehe dagegen vor.

Gesagt, getan! Es kam zur Gerichtsverhandlung. Anwesend waren auch die beiden Polizisten mit dem Videoband und der Rechtsanwalt. Die Oma fehlte natürlich, war bestimmt irgendwo beim Kaffeekränzchen.

Sein Rechtsanwalt gab ihm den Tipp: „Sie müssen vor Gericht aussagen, dass die Oma mit der Hand gewunken und dem Kopf geschüttelt hat!“ Das heißt ja eigentlich, man kann durchfahren.

Daraufhin spielten die Polizeibeamten das Video vor und die Oma stand stocksteif da, ohne irgendwelche Regungen. Aus diesem Grund, traf ihn das Urteil vom Gericht mit voller Wucht und sein Anwalt und er saßen wie versteinert da.

Das nenne ich mal falsche Beratung!

Die Tanksäule

Herr Pinsel war ein Schrank von einem Mann, ca. zwei Meter groß und von sehr kräftiger Statur.

Wie es in den ersten Fahrstunden so ist, spricht man natürlich auch über private Dinge. Als ich mir das Kraftpaket von der Seite so ansah, fragte ich ihn, was er denn so beruflich mache.

Bei seiner Antwort war ich etwas erschrocken, denn er lernte Bürokaufmann! Dieser Schrank in einem Büro? Kaum vorstellbar! Seine Pranken sollten eine Tastatur bedienen? Naja … Ich meinte dann zu ihm: „Eigentlich müsstest du Schmied lernen!“

Jedenfalls war Herr Pinsel während der gesamten praktischen Fahrausbildung immer sehr flott unterwegs, worauf ich ihn immer wieder an die Geschwindigkeitsvorschriften erinnern musste.

Nach seiner bestandenen Führerscheinprüfung habe ich ihm natürlich die Hand geschüttelt, aber auch mit der Bemerkung, dass wir uns bestimmt bald wiedersehen zur Nachschulung für Fahranfänger.

Daraufhin lachte er nur und sagte: „Aber Herr Hoffmann, ich doch nicht!“

Acht Wochen später stand eine sehr große und kräftige Gestalt in unserem Büro und ich wusste sofort: Es war Herr Pinsel zur Nachschulung!

Was war geschehen? Er wollte mit dem Auto des

Vaters schnell mal tanken fahren und hat die Tanksäule komplett umgefahren. Der Grund wäre ein Radfahrer gewesen! Wer´s glaubt …

Da ich mir das alles nicht vorstellen konnte, habe ich bei meinem nächsten Tankstopp mal den Tankstellenbesitzer darauf angesprochen.

Er schüttelte nur mit dem Kopf und meinte: „Es gab gar keinen Radfahrer!" Er kam mit 60-70 Sachen an die Tankstelle angerast und fand wahrscheinlich keine Bremse mehr, denn er hat die komplette Tanksäule regelrecht wegrasiert. Dank einer Abschaltautomatik ist glücklicherweise kein Kraftstoff ausgelaufen. Jedenfalls war der Schaden am Auto und an der Tanksäule sehr groß. Sein Vater war bestimmt hellauf begeistert, als er seinen Wagen sah.

Ich habe Herrn Pinsel nach vielen Jahren mal wieder getroffen. Bürokaufmann war er schon lange nicht mehr, sondern er arbeitete jetzt in einer Stahlbaufirma.

Da passt er auch besser hin.

Die Nonne

Meistens kommen ja fast nur junge Leute in die Fahrschule, um ihren Führerschein zu machen. Nach der Wende waren oft noch etwas ältere Fahrschüler dabei, aufgrund der langen Wartezeiten in der DDR. Heute kommen nur noch sehr selten ältere Leute in die Fahrschule, um ihren Führerschein zu erwerben. Wenn es dann doch mal so ist, liegt es daran, dass der Ehepartner verstorben ist und ein Auto, aber kein Führerschein vorhanden ist.

Vor einigen Jahren hatte ich mal eine Nonne (also als Fahrschülerin), welche in einem Kloster lebte.

Im theoretischen Unterricht starrten die anderen Fahrschüler sie natürlich wegen ihrer Tracht an. Aber sie hatte einen goldigen Humor und nahm sehr rege am Unterricht teil. In der Pause bestürmten sie die jungen Fahrschüler mit tausend Fragen, welche sie alle geduldig beantwortete.

Die praktische Fahrausbildung hat sie leider bei einem anderen Fahrlehrer absolviert, worüber ich heute noch sehr traurig bin. Der Prüfer hat natürlich auch nicht schlecht gestaunt, wen er da vor sich hatte.

Da ich mit meinem Fahrschüler nach ihr Prüfung hatte, sagte der Prüfer nur: „Die war aber cool!"

Und aufgrund ihrer guten Fahrt bekam sie prompt ihren Führerschein.

Ab und zu sehe ich sie noch, wenn sie mir mit ihrem Auto entgegen kommt. Da fällt sie vor lauter winken fast durch die Windschutzscheibe.

Einfach nur ne coole Nonne!

Der Wohnungsschlüssel

Einer meiner netten Fahrlehrerkollegen gab mal seiner lieben Frau den Auftrag, mit seinem privaten PKW in die Wagenwäsche zu fahren und den Liebling gleich mit auszusaugen. Gesagt, getan. Seine Gattin fuhr mit dem Auto zur nächsten Tankstelle und dazugehöriger Waschanlage.

Dazu muss ich noch erwähnen, dass sich direkt neben der Tankstelle, noch eine andere Tankstelle befindet, aber eben von einer anderen Firma. Die Namen der beiden Tankstellen lasse ich wegen der Schleichwerbung lieber mal weg.

Als seine Frau aus der Waschanlage herauskam, wollte sie noch laut Auftrag das Auto aussaugen. Auf dem Beifahrersitz hatte sie den Wohnungsschlüssel liegen.

Sie können sich sicher schon denken, was kommt? Richtig! Es gab ein klirrendes Geräusch und weg war der Schlüssel im Staubsauger verschwunden.

Nun war natürlich guter Rat teuer. Der Tankstellenpächter meinte nur: „Irgendwann wird der Staubsauger geleert. Mal sehen ob wir da Ihren Schlüssel wiederfinden!"

Na toll … Unverrichteter Dinge musste die Frau wieder von dannen fahren.

Einige Tage später musste ich tanken und mein

Kollege bat mich, doch mal nachzufragen, ob denn der Schlüssel aufgetaucht ist. Als ich in der Tankstelle nachfragte, hatte ich großen Erfolg! Denn das gute Stück wurde tatsächlich gefunden.

In der Fahrschule war die Freude beim Kollegen natürlich groß. Ich darauf schmunzelnd zu ihm: „Übrigens hat deine Frau den Schlüssel an der Tankstelle A eingesaugt und an der Tankstelle B kam er wieder raus. Dort habe ich ihn dann auch abgeholt."

Mein Kollege grübelte daraufhin den ganzen Tag, wie das denn möglich ist. Aber irgendwann konnte ich mir das Lachen nicht mehr verkneifen und er zu mir lachend: „Mensch Hoffi, das hätte ich mir doch bei dir denken müssen, dass du wieder Spaß machst!"

Ende gut, alles gut!

Das Automatikauto

Es gibt ja Leute, welche ein körperliches Handicap haben und trotzdem Auto fahren. Das ist beispielsweise der Fall, wenn der linke Fuß kaputt ist. Dann kann man dennoch Automatik fahren, da ja nur der rechte Fuß gebraucht wird.

Übrigens hatte sich meine Frau auch mal den Fuß gebrochen (zum Glück den „richtigen" – nämlich den linken Fuß) und ist mit Krücken zum Auto gehumpelt, hat die Dinger in den Kofferraum geschmissen, und ab ging die Post mit dem Automatikauto. Aber fragen Sie nicht, wie die Leute geschaut haben, als sie ausstieg und erst mal die Krücken aus dem Kofferraum geholt hat! Ein Bild für die Götter!

Jedenfalls hatten wir mal eine ältere Fahrschülerin, bei ihr war jedoch der rechte Fuß kaputt. Da wir in der Fahrschule auch ein Fahrschulauto mit Automatik hatten, konnten wir sogar mit ein paar Handgriffen das Gaspedal von rechts nach links umbauen. Das heißt der rechte Fuß ruht und mit dem linken Fuß gibt man Gas oder bremst.

So bin ich übrigens auch mal gefahren – war ein total komisches Gefühl.

Jedenfalls hatte die ältere Dame ihre Führerscheinprüfung bestanden und wollte sich dann ein umgebautes Automatikauto kaufen. Als ich sie nach vielen Jahren mal wieder traf und nach ihrem Auto fragte, sagte sie nur entnervt: „Ach, hören Sie auf! Das war damals ein einziger Kampf!" Da sie in Pirna wohnte, hatte sie sich in einem bekannten Autohaus ein Automatikauto bestellt. Dieses musste aber noch auf Grund ihres kaputten Fußes umgebaut werden. Sie war dort jede Woche nachfragen, ob ihr Auto schon da ist, da sie es dringend brauchte. Als es dann endlich da war, sagte man ihr, dass es noch mindestens drei Tage dauern würde, bis das Auto umgebaut ist. Am Freitag wäre das Auto dann fertig und abholbereit.

Als sie am Freitag das Autohaus betrat, um ihren neuen Wagen in Empfang zu nehmen, schaute man sie betreten an.

Was war geschehen? Der Werkstattmeister wollte das umgebaute Auto in den Verkaufsraum fahren und verwechselte prompt Gas und Bremse. Er raste geradewegs in den Verkaufstresen.

Damit musste wieder ein neues Auto bestellt werden und das Drama mit der Wartezeit begann von vorn. Am Ende hatte sie dann aber ihren Liebling bekommen und war sehr glücklich darüber.

Gruß an den Fahrlehrer

Herr Heintze war der jüngste von drei Brüdern, welche bei mir Fahrschule gemacht haben. Da er genauso pfiffig war wie seine beiden Brüder, hatte er seinen Führerschein beizeiten in der Tasche.

Ein paar Wochen später in der Fahrschulausbildung. Ich fuhr mit einer Fahrschülerin die Dohnaer Straße Richtung Heidenau. Auf der Gegenfahrbahn kam mir wer sehr zügig entgegen? Richtig! Herr Heintze junior in seinem gebrauchten Opel.

Als er mich in der Gegenspur entdeckte, machte er das Fenster runter und winkte ohne Ende. In meinem Innenspiegel sah ich aber schon das Unheil kommen. Denn im Fahrstreifen von Herrn Heintze standen Autos, da die Ampel rot war. Herr Heintze konnte nicht mehr rechtzeitig bremsen und rauschte ungebremst auf die stehenden Autos voll hinten drauf.

Ein paar Wochen später stand Herr Heintze wieder in der Fahrschule und meldete sich zur Nachschulung an, da der Unfall noch in der Probezeit war.

Er ganz geknickt zu mir: „Wissen Sie warum ich hier bin?"

Ich darauf zu ihm: „Natürlich! Weil du mir gewunken hast. Aber ab und zu sollte man auch wieder mal nach vorn schauen!" Jedenfalls war sein gebrauchter Opel nicht mehr zu gebrauchen.

Der dritte Gang

Es gibt Prüfungen, da blutet dem Fahrlehrer einfach das Herz! So geschehen vor einigen Jahren mit Herrn Kaltschmidt bei einer Prüfungsfahrt in der Nähe vom Dresdner Hauptbahnhof.

Die theoretische Prüfung hatte Herr Kaltschmidt beim ersten Mal bestanden, aber die praktische Ausbildung fiel ihm sehr schwer. Ich war ja schon sehr froh, dass dreiviertel der Prüfungsfahrt ohne große Probleme geschafft war und dachte, den Rest bis zur Prüfungsorganisation schafft er auch noch. Aber Pustekuchen!

Wir wollten an einer roten Ampel mit einem grünen Blechpfeil (schönen Gruß vom Erich Honecker) nach rechts abbiegen. Er hatte auch an der Haltelinie ordnungsgemäß angehalten, aber vergessen, den ersten Gang einzulegen, denn es war noch der dritte Gang drin.

Wir sind gesprungen wie eine kaukasische Bergziege! Motor an, Motor aus. Motor an, Motor aus.

Es gibt einzelne Prüfer die sagen dann: „Junger Mann, es gibt sogar einen ersten Gang!“ Dies müssen die Prüfer aber nicht tun, denn den Fehler muss der Fahrschüler schon selbst merken und beheben. Wie gesagt, mir blutete dann schon das Herz, denn ich muss ja schweigen wie ein Grab.

Jedenfalls bildete sich hinter uns bereits ein Stau und einige Autofahrer fingen vor „lauter Freude“ bereits an zu hupen.

Der Prüfer sagte dann zu mir: „Greifen Sie bitte ein! Sonst stehen wir morgen noch hier!“ Damit war die Prüfung für Herrn Kaltschmidt natürlich beendet.

Fehler kann man machen (auch in der Prüfung), aber man muss es merken!

Tooor!

Für meine Leser, welche vielleicht keine so großen Freunde von Fahrschulen sind, aber dafür Fußball umso mehr lieben, habe ich noch diese tolle Geschichte parat.

Meine große Tochter Katrin (welche im Vorwort mit benannt ist) wohnt in der kleinen Ortschaft Bannewitz nahe Dresden im „Schweizer Viertel" (Baustil der Häuser erinnert an die Schweiz) direkt am Sportplatz der SG Bannewitz.

Wenn wir dort mal eingeladen sind, wird die Wohnung vorher auf Hochglanz poliert, damit es nichts zu meckern gibt, wenn der Vater auftaucht. Auf dem Balkon steht dann immer mein Liegestuhl bereit, daneben ein Tischchen mit einem Bier und einer Zigarre – ein richtiger VIP-Platz! Was will man mehr, wenn dann auch noch an dem Tag ein Fußballspiel stattfindet. Die Entfernung zum Tor beträgt vielleicht 20 Meter, also optimale Sichtbedingungen.

Ich muss dazu sagen, dass ich noch nie in einem Fußballstadion war. Als Kind hatte ich da so ein Erlebnis, was mich sehr geprägt hat.

Mit acht Jahren war ich mal bei einem Fußballspiel in Dresden-Hellerau. Ich lehnte dort ganz gemütlich am Torpfosten, als eine von den beiden Mannschaften einen Elf-Meter zugesprochen bekam. Der kräftigste von den beiden Männern legte sich den Ball auf den Elf-Meter-Punkt und schoss volle Kanne aufs Tor. Er traf aber nicht das Tor, sondern den kleinen Gert mitten ins Gesicht, sodass ich erst mal flach lag. Als ich wieder zu mir kam, schauten mich viele besorgte Gesichter an. Die Nase ist heute noch etwas schief, denn sie war damals gebrochen. Von da an habe ich mir geschworen, Fußball nur noch aus sicherer Entfernung oder im Fernsehen anzuschauen.

Nun zurück auf den Balkon nach Bannewitz. Das Spiel war bereits angepfiffen und ich lag schön im Halbschatten auf meiner Liege, ein kühles Blondes in der linken Hand und in der rechten qualmte meine Zigarre. Besser ging es wirklich nicht. Plötzlich wurde es spannend auf dem Platz, denn die gegnerische Mannschaft stürmte auf das Tor der SG Bannewitz zu (also in meine Richtung und alte schmerzhafte Erinnerungen wurden wach). Das ging natürlich gar nicht.

„Tooor!“, brüllte ich.

Der Torwart schaute verdutzt in meine Richtung und drin war der Ball. Fluchtartig verließ ich meinen VIP-Platz, schloss eilig die Balkontür und zerrte die Gardine vors Fenster.

Meine Familie schaute mich ganz verdattert an und fragte, was los sei.

„Nichts, nichts …", antwortete ich. Schnell stellte ich noch auf dem Weg zur Toilette die Klingel ab. Den Rest des Spieles hab ich mir durch die Gardine angeschaut. Sicher ist sicher! Nicht das noch erboste Fußballfans unser Kaffeekränzchen stören.

Vielen Dank an Charlotte Wenke, Lisa Hoffmann, Sabine Schröter und an meine Frau Marion.

Inhaltsverzeichnis

Vorwort	5
Die allererste Fahrstunde der Fahrschüler	7
Die Erotikleiche	9
Die geblitzte Orchidee	11
Die Drängler	13
Fahrschülerin als Fahrlehrer	15
Der große Apfel	16
Die Wassertabletten	17
Die umgekippte Bierladung	19
Das verkannte Stoppschild	21
Die Apfelannahmestelle	23
Die Weinverkostung	25
Der verkehrsberuhigte Bereich	28
Die Psychologentochter	30
Die Frau mit dem bösen Blick	32
Mc Donald´s	34
Die Haschischpflanze	36
Herr Rot, welcher aber ein Grüner war	38
Hilfe während der Prüfungsfahrt	40
Einfach nur peinlich	42
Brigitte Nielsen	44
Angst vor der Autobahn	46
Transporter mit den Stahlrohren	48
Gefahren wie eine Oma	50
Machen Sie auch die Praxis bei mir?!	52

Fahrlehrer mit einem dicken Kopf 54
Als Fahrlehrer hat man es auch mal eilig 56
Die Sitzheizung 58
Ehemalige Fahrschülerin mit großen Augen 60
Die Heckscheibenheizung 62
Das Hochzeitskleid 64
Die Hornbrille 66
Wehleidiger Fahrschüler 68
Der Scheibenwischer 70
Der Stringtanga 72
Das Kind mit dem Fahrradhelm 74
Die Baustellenampel 76
Die rote Ampel, welche keine war 78
Der braune Pullover 80
Die heutige Jugend 83
Hand auf dem Knie vom Prüfer 85
Die Mutter der Fahrschülerin 87
Die Brustvergrößerung 89
Das gestohlene Lenkrad 91
Der Unfall der keiner war oder doch? 93
Die Jagdwurst 95
Der gutverdienende Bademeister 96
Die arme Oma 98
Ich war´s nicht! 100
15 Sekunden Prüfungszeit 102

Total überschätzt	104
Stau während der praktischen Prüfung	106
Die Verkehrskontrolle	108
Drogen	110
Die kaputte Hand	112
Die Engstelle	114
Der Kreisverkehr	116
Wieder mal das Stopp-Schild	118
Die Frauenparklücke	119
Die gesperrte Straße	121
Die Wildsau	123
Der Fußgängerschutzweg	125
Die Tanksäule	127
Die Nonne	129
Der Wohnungsschlüssel	131
Das Automatikauto	133
Gruß an den Fahrlehrer	135
Der dritte Gang	136
Tooor!	138
Inhaltsverzeichnis	141